序

小說集

序一

前駐日大使——許世楷

就像過去「二二八」從不曾出現在台灣的歷史教科書一樣，「台北大空襲」也從未被青年學子所知曉，直至解嚴後。在得知《台北大空襲》這部短篇小說集是張少濂先生邀集六位作家所創作的作品之後，我感到無比的欣喜！因為這是繼二〇一七年張少濂先生成功地以此為主題設計出一套令人驚豔的桌遊後，繼續乘勝追擊，以文學為載體，將「台北大空襲」這件史事做更深入而具體的描繪。如果遊戲是認識歷史的開始，那麼閱讀則是走進歷史的不二法門。

一九四五年五月三十一日，美軍轟炸日治下的台北城，史稱「台北大空襲」或「台北大爆擊」，這場空襲是台北歷史上所遭受的最大規模的攻擊行動，它炸毀了許多建築，包括台灣總督府、台灣軍司令部、台灣銀行、龍山寺、台北車站、台北公園、台灣鐵道飯店、台北第一女高、台北一中等等，當然也造成了嚴重的傷亡。然而這段歷史卻鮮少被提及，台灣人也多半不知道，以致有許多年輕學子常常誤以為二戰時轟炸台灣的是日軍。所幸，張少濂先生有心地以桌遊與文學的形式，讓年輕人重新認識歷史、認識自己。

這六篇短篇小說都是以「台北大空襲」為核心，各自取材，拼貼出那個時代前後的面貌：日治下的教育制度、本島人與內地人的差異、改姓名運動、備戰時的體能訓練、神風特攻

隊、被中國接管下的台灣、走私猖獗、錢幣貶值、物價升騰、穿著破敗軍服的中國兵、從基隆港登陸的二十一師、二二八的槍響、白色恐怖，以及戰後「灣生」尷尬的處境……。這六位小說家用心地描繪，為我們還原那個時代、找回那個時代的氣味，閱讀其間，恍若走進時光隧道，嗅到了空襲下的煙硝味，也看到了昔時台北（以及台灣）的表情。

雖然「台北大空襲」距今已七十七年了，但歷史並不遙遠，戰爭也許就在前方，我們必須以史為鑑，做好萬全的準備，才能降低戰爭的威脅。當年日治下的台灣無法倖免於美軍的轟炸，但是，時移勢轉，二〇二二年的今天，美國成了台灣對抗中國最重要的盟友。誠如《台北大空襲》的桌遊機制的主要特色：「要贏一起贏，要輸一起輸」，全世界的民主陣營要集結起來，一起贏過獨裁陣營！

文學來自土地，有土地才有生命，有生命的文學才是真文學，《台北大空襲》即是一部根著於土地的文學作品，我要在這裡向各位鄭重推薦！是為序。

序二　小說可以

國立東華大學華文文學系教授——楊　翠

這六篇小說，與其說是台灣空襲歷史記憶的回放與再現，或許更應該說，是衍生與擴寫。六篇小說的主體，幾乎都不是空襲本身，而是空襲外部，以及生命主體的內部。寫的是空襲前人們的各種差異日常，各種未來想像，有燦麗的，也有平凡的。更寫空襲後，日常炸裂變形，想像幻滅，生命置換。這時你才知道，平凡最甜美。

這些小說讓我們看見的，不是空襲本身，而是當災難驟臨，避無可避，生命是如何痛聲哭號，又如何相互偎靠。

從這裡閱讀，我們會看見，在巨大的災難中，生命可能被摧毀，可能被重置，也可能被救贖。但如果我們不從這裡閱讀，空襲，就只是一卷被抽空的紀錄帶，或者一疊寫滿數字的文獻資料。

空白與數字，都無法銘刻生命的紋理。但小說可以。

二戰時期，台灣曾經遭受盟軍空襲，驚天轟炸。疏散、逃難、震天巨響、斷壁殘垣、破碎軀體，這些驚恐的歷史畫面，曾經轟然出現，也曾經被集體遺忘。

雖然戰後初期到二二八事件之間所流傳的民間唸謠「五天五地」，確實有一句是「美機轟炸，驚天動地」，但是，它也隨著二二八記憶，一起被官方歷史敘事長期掩埋。

其實，在人民的記憶中，從未真正隱去。我就曾多次聽聞。我所聽聞的空襲現場，很巧合的，都來自年長的台灣阿媽。

第一次聽說，是在一九九〇年代，從鄭順娘女士口中。她說當時她人在外地，聽說新竹遭受強烈空襲，焦心掛念，急急趕回，出了新竹火車站，地面排放一群殘破屍體，她就從屍體與屍體的空隙中穿越，疾奔回家。

鄭順娘女士，出生新竹，開台第一進士鄭用錫家族，一九四八年嫁入霧峰林家。空襲正熾時，她是高女學生。

另一次，是在素人女作家范麗卿的《天送埤之春》中讀到，宜蘭街上，空襲過後，民眾整理街道，她看見板車上堆放的軀體，有的斷足，有的腸破。後來，我從史料中查到，高雄因為是港口，又是重工業集中區，曾經被頻繁轟炸，母親是高雄人，我問她，妳對空襲還有記憶嗎？她說印象深刻啊，當時她跟著大人狂奔，一顆炸彈在天上疾追，最後在她身後落下，砰然巨響，「後面的人好像被炸了，我也不知道，不敢回頭看。」

鄭順娘，一九二八年生，范麗卿，一九二九年生，而我母親，一九三八年生。這三位女性的空襲記憶現場，都是疾步狂奔與破碎軀體。

而本書六篇小說的作者，都不可能有現場記憶。他們都是一九八〇、一九九〇年代出生，我們以往視為台灣歷史的遺忘世代。年紀最長的，是一九八二年出生的瀟湘神，最年輕的，是一九九九年出生的張嘉真。然而，我讀著他們筆下的空襲與空襲衍生，總想起三位台灣阿媽。

虛構小說與記憶現場，交織互文。在文獻紀錄裡，你聞不到硝煙，聽不見巨響，看不清黑暗的顏色，嘗不出淚水的鹹味，但是，小說可以。

戰亂，空襲，炮火，當它落在家園，落在日常，其實是不挑身分，不分彼此的。六篇小說中的主角，來自各方，在特殊歷史時空中，相遇、相伴、分離、重逢。瀟湘神〈藍眼睛的人偶〉，寫的是內台共婚與灣生女子；陳又津〈遠離台北〉中的女性，有灣生，有日本人，也有滿洲人；張嘉真〈溺斃以前叫醒我〉裡，則是台灣青年、日本巡警、琉球雜工；鍾旻瑞的〈只有夜〉，新竹客家青年與台北少女，在戰亂中相愛與分離。

或者，像林立青〈犁阿卡車〉這樣，將施乾這位知名台灣士紳寫入小說，和挑夫、乞丐，一起共置歷史現場，漫天戰火中，相互依傍與救贖。又或者，像朱宥勳〈總理就職彼一日〉，以後設手法，透過小說中的小說，把三段歷史串在一起，讓台北大空襲、二二八事件、白色恐怖混織，讓虛構的主角與真實的國民黨立委、小說家陳紀瀅，同台演出。小說不斷寫著：「如果……，也許能夠……」，他所要叩問的是，我們有沒有可能重返歷史現場，改寫歷

史，抽換黑暗的底色。

或者，至少，揭露黑暗的底細，洩露光的方位。

現實上，我們不可以。但是，小說可以。透過小說，我們也可以。

序 三

VERSE創辦人暨社長——張鐵志

我們看似已經進入本土化時代夠久了，但其實我們對自己的歷史還有太多陌生之地不了解，太多故事還沒有被說。《台北大空襲》從桌遊走到小說，不僅展現了新世代創作者的創意高能量，更是一台讓我們重訪歷史的VR裝置。

序 四

建築文資工作者——凌宗魁

如果戰時是亂世，現在的台灣是太平盛世嗎？在大時代中的每個人，其實都難以揣想自己所生活的當下，將被後世人如何理解，或許我們現在正處於左右台灣命運的百年關鍵時刻，也或許在樞紐位置的台灣，從來就沒有享受太平盛世的樂觀條件。然而無論在哪個時代，人類的需求都是相似的：對生存的意志、對生涯的期望、對理想的實現、對創作的渴望、對情愛的欲念、對未知的恐懼，這些欲求在宛如《傾城之戀》般，所棲環境面臨徹底毀滅的危殆之時，是否會有不同的表現？作家給我們的答案是：貪嗔痴恨愛惡欲一如既往，因為我們是人類。即便頭頂上是如傾盆雨下的空襲業火，地表上的人們仍然在生命中勇往直前，肝腦塗地不足為惜。謹推薦此書，緬懷曾在這塊土地上努力生存的人們，也感謝此時此刻的台灣，最好與最壞的時代總是如影隨形。

序五

滅火器樂團主唱——楊大正

二〇一八年因為創作《高雄大空襲》桌遊主題曲，有幸深度走入一九四五的世界觀，在那個我們難以想像的時空裡，迷走工作坊建構出一個畫面鮮明情感細膩的「大空襲宇宙」。戰爭的無情，政治局勢的焦慮，人物感情的糾結無奈，在創作〈一九四五〉這首歌之後兩三年的現在，我仍然能夠深刻地感受著。

我時常用一種崇拜的視角端看著迷走工作坊，讚嘆著他們總是能把人們輕輕放下的歷史，透過不同的載體深刻華麗地重現，也讓每個人都能輕易進入「大空襲宇宙」，並且得到樂趣與省思。

在閱讀《台北大空襲》小說後，我又再次回到那個時空走了一遭。六位作家用各自擅長不同的寫作風格，透過不同的視角，合力為「大空襲宇宙」建構出更遼闊的故事篇章，除了桌遊與小說的呼應，更令人期待的是電玩的呈現，我們又多了一個體驗「大空襲宇宙」的出入口。

這本書真正精彩，也期待未來和閱讀了這本書的你，在「大空襲宇宙」中的某個角落相遇。

序 六

迷走工作坊創辦人——張少濂

我阿公出生於大正十年，十年前過世，台灣被空襲的故事，是他告訴我的。

小學的作文課，老師請同學寫「我的爺爺」，我將小時候阿公告訴我「走空襲」的故事寫進文內，獲得了全班最高分，並上台朗誦。

同學們聽著我朗誦的故事，似乎覺得非常陌生。年幼的我相當意外：「咦？難道大家的阿公、阿嬤沒跟他們講這些嗎？」

我是大學聯考末代，也就是國立編譯館統一教材的最後一屆。考試不考台灣史，自然對過去發生的事有一種莫名的疏離。這種疏離感，直到這幾年做《台北大空襲》桌遊、電玩，才開始緩解。我們真的對這片土地，並不熟悉。

《台北大空襲》桌遊創下了原創桌遊在台灣歷史題材的新高度，奠基於此，我們以「全世界觀為目標」，開發了電玩，以及這本小說。希望透過各種媒材，讓年輕世代，甚至二十二世紀的台灣人，能夠以各種方式，回望台灣。

感謝六位優秀的作家，以及各位撰序推薦的各界前輩。我要特別感謝許世楷大使，曾親歷日治時代，見證近代台灣風起雲湧的許大使，在推薦序中提及了我，對我來說，除了感動與激

勵外，更代表著跨越世代、生命經驗的傳承，有一天我老去，也要把這樣的精神延續下去。

一九三〇年，日治時期的作家黃石輝有一段名言是這樣說的：「你是台灣人，你頭戴台灣天，腳踏台灣地，眼睛所看見的是台灣的狀況，耳孔所聽見的是台灣的消息，時間所歷的亦是台灣的經驗，嘴裡所說的亦是台灣的語言；所以你的那支如椽的健筆，生花的彩筆，亦應該去寫台灣的文學了。」

衷心希望你會喜歡這本書。

只有夜

鍾旻瑞

1

佛印。佛印。佛印。佛印。佛印。

在山路中艱辛前行的過程中，張尋英每踏出一步便在腦中重複這兩字的音節。前幾日在報紙中讀到這個地名，不知為何，兩個漢字便深刻記憶在他的腦中，彷彿一道神祕的咒語。日語中佛印的「佛」代表的是法蘭西國，「印」則是印度，用中國話來說就是「法屬印度支那」，與宗教毫無關係，卻讓他感到某種神聖的感召，彷彿自己也因祖父剃度出家，身上帶有了佛祖的印記。

祖母在他身邊停下了腳步，拿出手帕往額頭擦汗，吁吁喘著氣。「阿婆要休息嗎？」尋英用客語關切地問，祖母一隻手撐著腰，一手向他舉起揮了揮，示意沒事。後方搬運貨物的七、八名工人也都隨他們停了下來，一行人便在此處做短暫的休息。

尋英舉起手，袖帶下積滿了汗水，他查看時間，此時剛過三點不久，估算路程，約莫日落前可抵達覺朗寺。太陽穿透篩子一樣的樹林，變成破碎的光斑映在他的臉上，卻感覺不到任何一點暖意，雖已進入三月，已是初春，但前幾日冷空氣又一下子回來了，在樹影下更感

寒意滲人。一陣風吹來，祖母拉緊身上的外套。「趕快走吧。」她對尋英說。於是他們再次踏上路程。

風吹過皮膚時所竄起的寒顫，一瞬之間竟使尋英的腦海中浮現了惠美的臉龐。去年剛入秋，兩人在黃昏的河畔初次接吻時，尋英的手臂肌膚，也冒起了相似的疙瘩。當時他的手掌輕輕摟著惠美，惠美的體熱透過他們的接觸，傳進了尋英的掌心，令他內裡產生了某種未知而陌生的震動。那感覺真要形容，或許就像地震發生前的那幾秒，從遠處、地心傳來的轟鳴聲，那樣幽微遙遠，卻喻示了某種爆發的可能。

祖母這時轉過頭來望向尋英，尋英反射性地抬頭迎向她的眼神，便隨即因羞怯閃躲開來，他羞紅了臉，彷彿自己不潔的思緒被祖母給看穿。所幸因山路辛苦所造成的雙頰泛紅，與踉蹌的步伐，為他打了掩護。

「你想戰爭快結束了嗎？」祖母探問。

思索半晌，尋英答道：「是的，我想快了。」

「會怎麼結束呢？日本會投降嗎？」

祖母不識字，經常如此向他詢問報紙上看到的資訊，而他總是仔細挑選著講，深怕一些駭人的新聞會嚇著生活單純的祖母。「我猜不到呢，但有什麼大事，人們總會知道的，我也會告訴阿婆。」尋英含糊打發了過去。

即便是他們所處的新竹鄉下，皆可見到政府四處貼著的海報，上頭畫著三隻模樣滑稽的猴子，一隻遮眼、一隻遮耳、一隻遮嘴。尋英曾聽人說過，有些寺廟的雕飾裡也會有這「三不猴」，象徵著不見、不聞、不言的智慧，教誨人們保有紀律嚴格的心智，便能遠離惡端，三不猴在政府的宣傳裡，則是要民眾切勿聽信、散播流言。然而政府從大本營發送出來的消息就必然是正確的嗎？是否這智慧的符號，反而阻礙了人們理解真相的機會？

從前幾日的報紙中看見，日軍在佛印地區的戰情有所斬獲，政府也不斷宣傳著日本將會取得最後的勝利，但即便是不識字的民眾都可察覺，日本早有節節敗退之勢。晨起讀報時，父親經常嘆著氣，將報紙往旁邊一扔說：「他們都在說謊。」母親每每聽見父親如此評論，總是會反射性地抬起頭，像驚弓之鳥一樣張望、擔心隔牆有耳，偶爾父親亦會不耐煩地責備：「妳又害怕誰聽見了？這難道不是事實？」

新聞裡最令尋英膽寒的，是那些關於「玉碎」的宣傳。每當東南亞戰線有島嶼被攻破，政府總大肆渲染著當地軍隊與平民絕不投降的英勇事蹟。他們戰到最後一兵一卒，即便戰敗也不願被敵軍統治、俘虜，最終採取自殺式的「萬歲突擊」。對於這樣的玉碎神話，本島人多半是不相信的，但尋英忍不住想像，台灣島陷落之際，他也必須不顧生死衝向敵軍，或是遵循命令拿刀切腹……除了想像死前的凌遲痛苦，他的眼前亦閃過地獄般的景象，彷彿看見家中父母弟妹倒臥血泊中。

若到了那時，惠美也會自殺嗎？

無論在哪個宗教，自殺都是嚴重的禁忌，但天主教似乎對此更為忌諱，因觸犯了聖經上記載的罪，死後將會被阻擋在天堂的門前。然而，如果惠美不自殺，難道她會被美軍俘虜、糟蹋、成為玩物？那樣的畫面更叫尋英無法忍受，他亦可想像自尊心高的惠美，會寧可一死了之。

他和惠美已經數月未相見了。

尋英書桌的抽屜裡，有一本手札，裡頭寫滿了他為惠美而作的詩，或是抄寫下來的歌詞。因為實在太過羞赧，他未曾將手札中的內容給任何人看過，連惠美都不知道有這樣一本創作存在。而在筆記本中的一個跨頁，是尋英某次在宿舍裡，憑著當日剛與惠美見面的記憶所畫下的素描。這段時日，每當思念惠美，他便會將手札拿出，儘管詩作與素描技巧皆幼稚拙劣，他仍努力透過自己的筆跡，回想惠美可愛的容貌，深怕隨著分離時間越久，惠美舉手投足所散發的神采，將會逐漸在他腦海中黯淡消亡。

然而前幾日，尋英翻開手札時，卻發現鉛筆字跡與素描，因為反覆翻閱、紙頁間的摩擦，邊緣竟開始有些模糊。尋英慌張想著，未來是否該限制自己翻閱手札的次數，或是趕緊將內容謄寫到另一本筆記中，這時他才發現，因為手邊沒有記錄聲音的工具，他已無法立刻回憶起惠美的聲音。

在時間之浪的拍打下，記憶終究抵擋不過遭受侵蝕、粉碎的命運。

2

不到一年前，初見惠美的那天，尋英剛上台北不久。

那時前線戰爭已打得如火如荼，他所就讀的商業學校，學生經常無法正常上課，必須進行體能訓練、軍事演習，或是被政府徵召去進行防禦工事，學校儼然變成了軍隊的後勤，老師的管教變得更加嚴厲。這樣高壓的氣氛也蔓延到了學生群體，有些上級生模仿起軍隊裡的統治手法，時不時「整肅」他們認為態度不好的新生，尋英因為個性較為害羞，某次沒有恭敬地向學長們行禮，便成為了學長盯上的名單之一。

某日他因受不了上級生的欺凌，加上離鄉愁緒，憤而蹺課，從學校圍牆翻了出來。然而出了學校，也不知該往何處，想起過去曾聽父親描述大稻埕一帶的繁華景色，便直覺地朝著那方向走去。

尋英沿著市街隨意閒晃，遇到新奇好玩的事物都忍不住駐足觀察。他被一間西服店的櫥窗吸引了目光，在外頭站了好久，忍不住想像自己穿上俐落的西服，看起來會有多帥氣。幻想了一陣子，他察覺到西服店的老闆，正用狐疑的眼神盯著他瞧，他才注意到櫥窗裡的倒

影，想起自己穿著制服，這樣的大白天，他本不該出現在這裡。

擔心惹出更多麻煩，尋英趕緊離開街區，往碼頭的方向走去。

站在河畔，看著波光閃動，他回憶起老家田邊的那條小溪。當然，與眼前的淡水河相比，窄小的溪流簡直像髮絲一般不值一提，但此刻卻讓他無比想念，恨不得立刻買張火車票回到家鄉，但若真如此逃避，不知父母會有多麼失望。

母親總說尋英作為長子，個性太過溫和軟弱，將他送到台北念書，也是希望磨礪他的心智，期許他能夠成為獨當一面的大人。雖然話語裡的要求嚴厲，但當尋英將要負笈北上時，母親仍倚著紅磚圍牆，不斷拭淚。「可愛い子には旅をさせよ。（讓可愛的孩子去旅行。）」母親如此說，那是日本的一句俗語，意指若父母疼愛小孩的話，就該讓他多出去磨練。聽到這句話，尋英只能壓抑不捨的情緒，背對母親，大步走向車站，再也不忍回頭望向她的淚顏。

回憶起當時的畫面，尋英忍不住蹲坐在岸邊，面對著淡水河大哭了起來，新環境的挫折、思念家人的孤寂以及戰爭所帶來的不安感，所有的情緒一湧而上，讓少年的心不堪負荷，只能將一切伴隨著哭聲，拋擲進眼前看似無比包容的河面。

哭了好一陣子，尋英的心情才漸漸舒緩下來，清楚明白年輕如他，並無其他的選擇，只能回到學校面對一切問題。無論即將迎來的是老師落下的竹刀，或是上級生的嘲笑與惡意，他的生命只屬於他自己，他必須一一去克服。

尋英站起身，帶著嶄新的覺悟準備回宿舍。在途中，他經過了一間天主教女子學校，那時正好是放學時間，女學生們穿著深藍色的水手服，成群結伴地走出，彷彿一波洋流，尋英身在其中，有些頭暈目眩，頓時感覺自己是隻迷失在海裡的魚。他呆立原地，突然從身後被某人撞上。

轉過身，尋英看見一個女孩扶著額頭，從她一手伸進書包裡的模樣，尋英猜測她應是正專心整理書包，才會沒看路撞上了尋英。尋英連忙道歉，那女孩似乎正趕時間，抬頭看了尋英一眼，披頭散髮地朝著尋英鞠躬，便匆匆離開。

女孩胸前的紅色領巾，隨著她快步移動的身影，好像蔓延成一條長長的紅線，映在尋英的眼底，久久揮之不去。他注視著女孩離去的背影許久，注意到女孩掉了什麼在地上，尋英將之撿起，發現是一枚淺褐色的髮夾。

那女孩就是惠美，但她的名字還要到幾週後，尋英才會真正知道。

回到宿舍，果不其然等待著尋英的便是導師齋藤的怒罵，「覺得辛苦就逃，你配當天皇的子民嗎？有多少和你一樣年紀的人正在前線，用生命守護著像你這種廢物！」句子剛說完，竹刀便啪地一聲重擊在他背上。尋英被罰在宿舍門口正坐，跪了三個小時，來往的上級生、同級生皆在經過他時發出訕笑。讓尋英備感屈辱，他絕不要讓自己再受這樣的對待。

正坐的懲罰終於結束，尋英幾乎要站不起來，全身上下露出來的皮膚，被蚊蚋咬得滿是

腫包。他拖著步伐，回到新生的寢室，連洗澡的力氣都沒有，便全身髒兮兮地癱倒在床上。同班的好友亮介看見他回來，姿態怪異地來到尋英面前，好像在上衣底下藏了什麼。亮介偷偷摸摸拿出一個便當盒，打開來，裡頭是他晚餐時間在食堂為尋英留下的飯菜。在資源匱乏的時期，亮介必然是只吃了一半的伙食，才有剩餘留給尋英。尋英感動不已，但正要爬起來享用，便全身無力地跌坐了回去，兩人笑了開來。

然而就在這時，寢室門口傳來叫喚：「張尋英！」，他們嚇得跳起來，亮介趕緊把便當藏到床鋪底下。回頭一看，是平日裡總愛欺負尋英的幾個三年級生，亮介趕緊站起來向學長行禮，尋英急著想站起來，卻雙腿酥軟、肌肉無力，是亮介拉了他一把，他才能順利站立。

「到廁所後面。」三年級生疾言厲色地說，便走了開來。

這句話乍聽一頭霧水，但新生們全都知道是什麼意思。走廊底部的廁所旁，有一個放置雜物的空間，那裡成為了上級生用來欺負學弟的場所。寢室內休息的幾名新生，全都朝著尋英瞧，等著看他要如何應對。

「尋英別去吧，你跪了一天，身體會吃不消的。」亮介露出害怕的表情說，語氣卻不堅定，他清楚明白，尋英若是躲避不去，今後只怕會被欺負得更慘。尋英嘆了一口氣，和亮介搖搖頭，拖著緩慢的步伐朝著所謂「廁所後面」走去。

到了陰暗的角落，三年級生已經在那等著。

「馬步。」帶頭的那個指著尋英說。尋英不是第一次被欺凌，早已熟悉整套流程，走到中央紮穩馬步。

帶頭的繼續說：「為什麼逃課？你不知道認真學習，也是在為天皇效力嗎？」說得冠冕堂皇，其實這些前輩根本也沒多用功，只是複製老師們的話到自己嘴裡，為惡行找個由頭罷了。帶頭的接著便往尋英的膝蓋狠狠踹了一腳，尋英痛得眉心緊皺，但他仍然堅持著原本的姿勢，雙手平舉在空中。看尋英沒有反應，另一名更為高大的三年級生又上前補了一腳，尋英本來兩腳就已極為疲累，這次真的撐不住了，搖晃幾下，便一屁股朝後摔了下去。

常被欺負的新生都會互相傳授經驗，若被踢倒了，待在原地裝可憐就好，有時擠出幾滴眼淚，學長們通常不會再為難。畢竟真的把人弄傷，可能也會惹來麻煩，他們要的只是以大欺小的樂趣罷了。然而這晚，尋英不知哪來的倔強脾氣，竟立刻爬了起來，回復成馬步的姿勢，眼神直直盯著前方，絲毫沒有要退讓的意思。

學長們先是愣了一下，接著像是要掩飾自己的驚訝，他們笑了起來。

「這小子。」帶頭的說，接著又衝向前踢了尋英一腳，尋英再次向一旁跌去，但未等學長們反應過來，尋英便再次回到原本姿勢。一次又一次，尋英不斷地被踢倒、站起來，最後蹲著馬步時，兩腳的顫抖已經如同肌肉痙攣，誇張地抖動著，頭上也全是汗珠。

看著尋英不屈撓的樣子，三年級生沒有台階下，又怕真的出事，帶頭的最後一次把尋英

使勁踹倒，便撂下一句：「給我好好反省！」吆喝著他的狐群狗黨們撤退。

尋英在黑暗的角落，懷抱著疼痛的身體，委屈得想哭，但他立刻忍了下來，訓斥自己：「一天哭兩次，算什麼男子漢？」他在原地躺了一會兒，等待痛楚稍微退去，才掙扎著爬起來。媽媽，我雖然沒有贏，但也沒有輸喔，我依照妳的期望，成為獨當一面的大人了。尋英踏著艱難的步伐，在心中說道。

「尋英！」回到寢室，亮介立刻衝過來攙扶。

尋英只朝著亮介道：「便當。」他的肚皮已經餓到凹陷下去了。

吃完飯後，身體終於感到舒緩一些，尋英也有力氣去澡堂將沾滿髒汙的衣服給換下，好好地洗個澡。水一往身上潑，整天下來全身各處累積的大小擦傷，像是集體尖叫般發出刺痛感。他在口袋中發現了下午撿到的那枚髮夾，將上頭的塵土沖洗乾淨，女孩的模樣又再次出現在眼前，雖然今日相撞的場景滑稽狼狽，但在那短暫的對視間，尋英仍感覺到有種從未體驗過的情緒，那感覺好像蒲公英的種子，隨風飄著，最終落在了他心裡的土壤上，漸漸發芽。那或許就是曾聽人說過的一見鍾情。

直到躺回床上，尋英仍拿著髮夾端詳著，上頭的刮痕位置，都要被尋英摸透了，一旁眼尖的亮介問：「那是？」

尋英握著髮夾，笑而不答，因為太過疲累而瞇著眼睛看著亮介。

「什麼啦！笑得好噁心。」

「我今天啊，去了大稻埕，看了淡水河，在回宿舍的路上，經過一間女學校……」故事才講到一半，尋英的眼睛就闔上了，口中的話語也含糊不清，他轉身抱著棉被，就立刻睡著了，只剩亮介在一旁問：什麼啊、然後呢。但尋英早已深深陷入夢境。

3

如尋英所料，終於抵達覺朗寺已是黃昏時分，夕陽將原是象牙白色的寺廟圍牆染成金黃，遠遠便可看見永鳳叔與幾名較為年輕的僧人在門口候著，他們不向前迎接，僅是望著一行人到來。「歐吉桑（おじさん）。」尋英朝著永鳳叔親切地叫喚，加快腳步向前，永鳳叔亦回應：「英將（エイちゃん）。」

「歐吉桑」和「英將」是兩人間的暱稱。在尋英七歲進入公學校之前，曾在寺裡住過一段時

間，那時都是永鳳叔在照料他的生活起居，關係自然如家人親近。「你好像又長高了。」永鳳叔像是要丈量身高一樣，將雙手搭在尋英的肩頭。

「還想再高個幾公分呢。」尋英笑著答道，永鳳叔的皺紋似乎又比上回見面刻印得更深了一些。

兩人熱切招呼，忽略了身後的祖母，祖母特意往一旁挪動了一小步，讓自己的身影能夠納入永鳳叔的視野中。永鳳叔察覺自己的失禮，臉色露出歉意，急忙點頭向祖母致意，「夫人。」

「欸。」祖母輕輕頷首，眼神飄忽。

永鳳叔抬起一隻手，一旁僧人便向寺內移動，指引後方搬運米糧的工人，並帶領祖母前往獨立的住所。修行人不宜與女性太過親近，祖母等他們前進了幾步後，才在後頭緩緩跟上，在與永鳳叔擦肩而過時，祖母停下了腳步，低頭問：「他還好嗎？」

「師父都好，您放心。」

祖母聽罷，點了點頭，並未立刻向前，似乎仍有問題想問，閃過了數個複雜的思緒與神色，深吸一口氣，便繼續跟著前方隊伍。尋英看著祖母瘦小的背影，感到十分悲涼。

祖父母大約十多年沒有真的見過面了，在祖父剛開始潛心研究佛法時，便開始與祖母疏遠。父親十歲時，祖父正式剃度、皈依佛教，兩年後在家中一塊土地上建立了覺朗寺，成為開山祖師。從此便以斬斷紅塵為由，不再與祖母有所接觸，偶爾祖母以商量家中事宜為由，

希望和祖父見上一面，都只能由僧人帶到祖父的房門外，隔著一道牆和祖父對話。看不見容貌與表情，又只有冷淡的回應，幾次下來，祖母終究也死了心，不再要求與祖父互動。

雖然祖父家境優渥，家中有傭人可供差遣，公婆也會協助照料，祖母獨自一人將父親帶大並無太大困難，但這似乎對父親造成了不可抹滅的影響。在父親青少年期間便開始接觸天主教會，假日固定去做禮拜，家裡人都知道父親這是要和祖父劃清界線。

尋英曾在父母親的對話中聽見，祖父會開始全心投入佛教，是在次子——也就是尋英的叔叔夭折以後。那年祖父也不過二十歲，比現在的尋英要大上三歲，但祖父的心裡遭遇了什麼？尋英卻完全無從想像，對他而言，那是極為遙遠的人生經歷。

而被拋下的祖母，在這過程中必然十分孤寂吧，她心中有恨嗎？無論如何，她仍然扛著作為妻子的責任，將孩子撫養成人，甚至在山下不斷為寺廟張羅著各種米糧、補給，祖父表面上不再與祖母接觸，但卻也得靠著她的幫助，才能享有這一片清幽的修行之地。

「英將。」永鳳叔叫喚尋英，尋英回過神來，「師父在等你。」

走入空曠的道場，他看見祖父端坐在蒲團上，雙眼緊閉，兩隻手掌在盤著的腿上交疊著，拇指前端彼此碰觸，虛握著一個橢圓狀的空間。僧服在身體兩側自然垂落，使得祖父整個人的輪廓像是座灰藍色的山。夕陽透過一旁窗戶打入道場，窗框的影子將室內切成好幾個方格，祖父一半的臉龐也因光線反差，而戲劇化地隱藏在陰影當中。

尋英脫下沾了泥濘的鞋，踏上道場的木地板，地面的冰涼立刻穿透襪子傳進了他的腳底。他不敢驚動祖父，將腳步放得極輕。在祖父前方不遠處，膝蓋著地，端正跪坐著。

有那麼一段時間，除了即將入夜轉涼，山裡颳起的風聲，兩人之間就只剩下彼此的呼吸聲。接著某一刻，祖父輕咳了幾聲，轉動脖子，才像是從另一個時空緩緩走回現實，睜開雙眼，看著尋英，讓他頓時變得緊張，肩膀都僵硬了起來，儘管如此，尋英仍盡力做出從容的樣子，努力不讓眼神飄移。

「阿公。」尋英先打了招呼，並稍微鞠躬。

祖父露出微笑。「回來多久了？」

「四個月了，爸爸擔心台北危險，要我先回北埔。」

「文新好嗎？你媽媽好嗎？弟妹呢？」祖父像是點名，從爸爸一路問到了弟妹。

「大家都好，只是經常有各種演習，弟妹常抱怨很麻煩。上回我在防空洞附近差點被蛇咬，還好只是虛驚一場，爸爸把蛇給趕跑了。」尋英回答，試圖緩和氣氛，但發現祖父的問題中唯獨漏了祖母，於是他接著說：「配給的緣故，日常飲食的飯菜都減量了，但家裡有塊田地，阿婆平常就有種青菜，所以不至於餓肚子。」

祖父點點頭，接著他們沉默了好一陣子。

因為太少接觸，祖父地位又德高望重，兩人每次見面都是這樣生疏。尋英很少主動去報

告些什麼，都是由祖父拋出問題，尋英大致回答，不會再有更多細節或是聊天的氣氛，可說是行禮如儀。

深吸一口氣後，祖父接著說：「阿公年紀大了，」他停頓了幾秒，又接續下去，「你有想過未來要做什麼嗎？」

雖未直接問出口，但尋英知道祖父在尋找寺廟的繼承者，父親與祖父已極少往來，因此尋英成為了最適切的人選，但他早預料到會有這問題，也在心中準備好了回答：「如果戰爭繼續，我將會被徵召，而如果戰爭結束，我想回到學校，將學業完成。」將問題拋給了未知的局勢，也就可拖延對此事的正面回應。

沒有得到期待中的答覆，祖父也沒繼續問下去，將話題繞了開來，繼續關切親友的身體狀況，偶爾問起與台北有關的事，但卻像是在找話題。

突然祖父突然轉頭望向牆壁，尋英也順著他的目光看去。隨著日落的時間到來，照在牆上的夕陽餘暉也逐漸撤退，範圍慢慢縮小，原本金黃色的道場，因為日光的改變，顏色有了變化，開始變得昏暗，陰影處泛出淺淺的藍。

這景象像是兩股勢力的對抗，尋英想著，若陽光代表著日出之國日本，那麼夕陽的退守，簡直就是當今戰爭的局勢。

終於，最後一點夕陽也消逝在了白牆上。

「入夜了。」祖父說。

❦

雖然在深山裡，但寺廟仍遵守政府因防空而制定的燈光管制，日落後便不再點燈。僧人們本就比一般人更早睡早起，因此不太受影響，但留宿在寺內的尋英就得配合大夥一同睡下，突然改變的作息與陌生的環境使他難以入睡，在大通鋪的床墊上翻來覆去，努力闔上雙眼，腦中的思緒卻不斷奔馳，就像永不熄滅的火花，不斷在無有之處冒出新的念頭。嘗試了好幾回，尋英放棄強迫自己入睡，反而睜開雙眼，任憑思考流轉。

他的眼睛已適應了黑暗，月光從天窗透進來，讓室內的亮度提高了一些。某個瞬間，尋英突然感覺視線變得無比清明，看得見天花板上的梁柱，與其上頭的木頭紋路，甚至是角落一隻鬼祟爬行的壁虎。

他的感官彷彿被無限地放大，這世界仍如白天那樣充滿細節，只不過被罩上了一層深藍色的玻璃紙。他將一隻手伸出被窩，在黑暗中高舉起，觀察著自己指尖上的脫皮和指甲的凹痕，再翻到手心那側，細細查看每一道掌紋。

這真的是夜嗎？尋英幾乎要脫口這麼問出時，通鋪裡突然傳來了一陣不明所以的說話

聲，尋英連忙將雙手縮回被窩內。等待一陣子，確認是某個僧人的夢話，他才鬆一口氣。經過這番遊戲，他的睡意全部消散了，過去尋英從未有過這樣的體驗。怕被人看見，他不敢再像剛才一樣將手伸出棉被，只能繼續盯著天花板的木紋，他像是走迷宮一樣，視線繞著那些紋路走。

接著他將注意力放到聽覺上，除了夜裡微小的蟲鳴聲，沿著山壁建成的建築深處，傳來山泉水滴落的規律聲響，那頻率在岩壁裡產生了回音，聽起來就像是尋英童年在寺廟裡，經常聽見的缽聲、木魚聲。在這滴答聲裡，尋英感覺寢室變成了布滿星斗的宇宙，他知道那並非真正看進眼裡的實物，僅是從他腦海中浮現的心像。

尋英靜靜地感受著，沉浸在其中。無論他所接觸到的是佛祖、上帝、任何神祇，或者是進入夢境前，潛意識所給予的幻覺，這是他的生命裡，最接近宗教的一刻。

而他多想將這一切立刻向惠美分享。

4

經過那次頑強的抵抗，上級生雖然遇到尋英時，仍會擺出逞凶鬥狠的模樣，但不再像過去一樣對尋英施以暴力。這樣的轉變使亮介突然把尋英當作偶像崇拜，尋英也得意洋洋，享受著這種虛榮，校園生活開始不再那麼難熬。

長谷川亮介雖有著道地的日本名，但他其實原名叫張宗亮，家族是新竹客家人，而後搬遷來台北經營家具生意，改名換姓也是這幾年的事，目的是為了拿到更多的配給物資。因爲同鄉又同姓，尋英與亮介一認識就立刻親如兄弟，只有兩人在場時，也會祕密地用客語交談。

「你一定要再去找那個女孩，把髮夾還給她。」聽完尋英那日的遭遇，亮介如此勸尋英，見尋英露出為難的臉色，亮介又接著說：「因為這樣的邂逅而成為烽火下的戀人，簡直就像是文藝小說的劇情一樣。」

「可是我只見過她一面，連她的個性是凶悍溫柔都不知道。」

「你連那些凶狠的前輩都不怕了，竟開始怕老婆嗎？」

「什麼老婆！」尋英狠狠捶了亮介的腦袋瓜。

「那邊在做什麼？」遠方的齋藤老師怒道。那時學校正進行備戰的體能訓練，大夥兒跑完了五千公尺在操場邊休息，他們兩人打鬧的舉措被看見，因此又遭責罰，多跑了兩千公尺。

在亮介的慫恿下，尋英著手寫下了一封給女孩的信，因為不知道名字，只能在開頭呆呆地寫下「敬啟者」，兩人反覆修改，花了幾個鐘頭的時間，終於完成了一封有模有樣，又不會

太踰矩的情書。

隔日放學時間，尋英和亮介站在女學校的大門前，看著女孩們魚貫走出，他們兩個男孩站在其中有些不自在，很有默契地慢慢移動到了一旁騎樓的角落。

「你看到就會立刻認出來嗎？」亮介問尋英。

「我也不知道。」

「這麼沒自信，你再跟我說一次她長什麼樣子。」

「就眼睛大大的、皮膚白白的。」

「有講跟沒講一樣嘛！」

就在兩人相聲般的鬥嘴時，他們要找的女孩便從大門口走了出來，跟那日一樣，女孩低著頭正在收拾書包。「就是她！」尋英嘴巴上這麼說，但腳步卻沒有移動，亮介於是推著尋英的背往女孩的方向衝。

「欸，妳！」亮介朝著女孩吼道，女孩嚇了一跳抬起頭，亮介便往一旁跑走了，尋英在心中咒罵不斷。

女孩用困惑的眼神看著尋英，「有什麼事嗎？」

尋英愣在原地不知如何是好，手足無措一陣後，才將背包裡的髮夾和信封拿出來，遞到女孩的面前。女孩收下了信，卻看著手中的髮夾，歪著頭問：「這是什麼？」

「妳上次掉的。」尋英顫抖著聲音說。

女孩皺著眉頭說：「這不是我的呀。」

「這不是妳的？那是誰的？」

「我怎麼知道！」女孩被尋英逗得笑了起來。

尋英想到自己曾多次握著物主不明的髮夾傻乎乎地笑，便無地自容。他拉下制服帽簷遮掩漲紅的臉頰，向女孩說：「那妳把信還給我。」

「為什麼？」

「裡面寫錯了。」

「我不要，你剛剛已經給我了。」女孩立刻把信塞進背包裡。

尋英啞口無言，不知該怎麼替自己的窘況解圍。這時女孩撥起一邊的頭髮，將髮夾給別上，甩甩頭髮說，「就當作是你送我的禮物，我滿喜歡的。」女孩自信的樣子，讓尋英看得出神。

「你叫什麼名字？」女孩問，尋英支支吾吾地自我介紹，接著解釋起兩人初次碰面那天的事，聽完以後惠美說，「髮夾應該是原本就掉在那裡的吧？」

「所以我才說，先把信還我。」

看著尋英害羞的樣子，女孩從背包裡拿出信紙，大聲唸了起來：「敬啟者，那日黃昏時分，與妳在街頭相遇，雖是匆匆一瞥……」

「不要唸了！」尋英連忙揮手，打斷女孩。

「惠美。」

「什麼？」

「我叫惠美，劉惠美。」

尋英在心中複述了她的名字，惠美則把信快速瀏覽了一遍，露出了微妙的笑容，尋英看見她的神情，把帽簷拉得更低了。

「星期天早上，我會來學校一旁的教堂做禮拜，你就人在中午校門口等我吧。我趕時間，先走囉。」來不及回應，惠美又像上次那樣快步離開了。尋英留在原處，還在理解自己是不是莫名其妙得到了約會的機會，就發現一旁幾個女學生盯著他看，原來方才與惠美的互動，都被她們看在眼裡。尋英再次羞紅了臉，趕緊壓著帽子離開，背後還傳來那群女學生大笑的聲音。

❦

在烈日底下，惠美用手掌遮著臉，提著一個小小的便當袋，從教堂門口朝著尋英的方向快步走來。「抱歉，等了很久嗎？」

「不會，我也才剛到。」尋英故作輕鬆地答道，其實自己提前了二十分鐘抵達。

「那裡髒掉了。」惠美一站到尋英面前，便指著他胸前的一塊汙漬，他趕緊低頭查看。今天離開宿舍前，尋英覺得自己的制服襯衫有些泛黃，便向亮介借了他較乾淨的制服，沒想到胸口的醬油漬，被惠美一眼就察覺了。

「亮介這傢伙……。」尋英看著那塊褐色汙漬，低聲抱怨。

「我們趕緊去公園吃便當吧，我肚子快餓癟了。」惠美舉起手中的袋子，兩人便一同朝著附近的公園走去，他們在公園找了陰涼處坐下，打開便當開始享用。也不知道究竟是戀愛的調味，還是惠美的廚藝精湛，每道菜都讓尋英讚不絕口。

「那就好，家裡沒什麼像樣的青菜，我還有些擔心呢。」惠美鬆了一口氣。

「好吃的不得了，除了我媽媽和學校食堂以外，這是我第一次吃別人做的菜，惠美妳一定會是個好太太。」尋英滿嘴都是食物，仍不斷稱讚，他注意到惠美視線害羞地朝旁邊望去，這才發現自己有些得意忘形，說了不得體的話，尋英沉默地低下頭。

那天下午，他們第一次好好的認識彼此。尋英這才知道，原來之前見到惠美急匆匆趕路，是因為她的母親在生弟弟時難產過世了，家中的晚餐皆需由她打理，難怪她的手藝不凡。惠美的父親是個銀行職員，在妻子過世後生活一度亂了方寸，是附近的天主教會提供協助，父親才能從喪偶之痛重新振作，因此成為了虔誠的天主教徒。

聊起宗教，尋英也和惠美分享家族間複雜的關係，惠美聽得入神，非常同情祖母的遭

遇。尋英滔滔不絕地說著，他有些意外兩人不過是第三次見面，自己竟能如此放心地向惠美坦白說起家中隱私，而且並沒有任何負擔，就像是長久以來的心事，終於有了依託。

「張君，那你的信仰呢？你相信什麼？」

尋英愣住了，這輩子從未有人這樣問他，他也第一次認真思考起這個問題。托著下巴想了一會兒，尋英說：「我相信宇宙裡一定有神，但在腦海裡浮現的樣子，並不是像佛祖或基督那樣明確的形象，比較像是一個光球……嗯……像是一個巨大的靈魂，而我們每個人都是那個靈魂的一部分，就像月亮旁邊的星星。」他邊說邊想，語氣有些不確定。

惠美抱著雙膝，仔細聽尋英說，接著露出微笑：「你剛剛的樣子，就像是一個哲學家。」

聽見惠美這樣說，尋英羞紅了臉。

兩人天南地北地聊著，討論新聞、辯論宗教，雖然意見偶有不同，但氣氛都十分熱絡，就像是一場公園裡的沙龍，一晃眼就過去幾個小時。惠美看了一下公園的立鐘，說自己得回去準備晚餐了。尋英陪著惠美走了一段路，到了惠美家的巷口，她轉過頭對尋英說：「下個星期你也在同個地方等我好嗎？」

尋英開心地點頭，自然地將手朝向惠美伸去，惠美亦極其自然地握了一下尋英的手，他們的默契就像是交往已久的戀人。

自那之後，尋英與惠美每週日都固定見面，戰時沒有太多娛樂，但他們的行程多半簡

單，就是找個地方散步或是隨意坐著聊天。隨著戰爭的情勢變得險峻，學校的各種勞動逐漸加重，學生被派去挖掘防空洞、鋪設跑道的頻率也逐漸增加，就連暑假他們都必須在宿舍待命著，若有勞務奉公隊的召集令，就必須奉命出勤。

必須在酷熱的暑假裡鋤地、挖土，同學們經常有中暑暈眩的症狀，尋英的脖子兩側也起了嚴重的濕疹，抓破皮流了血。這一切固然無比艱辛，只要盼著每週能與惠美見上一面，所有的辛苦也都不再那樣難熬了。

九月開學時，尋英的導師換成了一個中年人，他說齋藤老師受到徵召，必須去宜蘭從軍。同學們私下裡開始有了傳言，說齋藤老師即將加入神風特攻隊，怕是再也見不到他了，原本對嚴厲的齋藤老師心有怨恨的同學，不大在乎地聊著此事。尋英卻覺得心沉了下去，齋藤老師雖然嚴格，但其實相當認真，也關愛學生，暑假時還曾拿濕疹的藥膏給尋英。

身邊的亮介突然打了一個冷顫，他的臉色煞白一片，那副模樣嚇壞了尋英。尋英正要開口問亮介，這才想起齋藤老師的全名是「齋藤亮介」，亮介大概是把老師的遭遇聯想到自己身上，尋英只能伸出手拍拍亮介的肩膀，嘗試安撫他。

士兵出征時，各個學校的學生都必須沿著道路兩旁排排站，替他們送行。隨著喇叭聲響起，隊長垂著長長的指揮刀，騎著馬現身。接著兵隊以整齊的步調，將槍揹在肩上，整裝完畢的大部隊將軍靴踩得沙沙作響，嚴肅地往台北車站前進。

「萬歲！萬歲！」尋英高舉手中的日之丸旗，不斷揮舞著，像是要把嘴巴喊裂一樣大聲嘶吼著。他試圖在士兵中尋找齋藤老師的臉，見上他最後一面，但這在擁擠的人群中卻只是徒然。尋英在心裡祈禱，不要死啊，齋藤老師。在場的所有人大聲喊著勝利的口號，不知是淚水還是因悶熱而流下的汗水，尋英的雙頰濕了一片。

進入十月的某天夜裡，突然傳來了空襲警報，尋英立刻被驚醒，或許是對於危險的直覺，大家似乎都明白這不是演習，也不是美軍虛張聲勢的巡邏，全都恐慌了起來，宿舍裡一陣騷亂。平時愛欺負弱小的上級生，竟在此時發揮了作用，他大喝一聲，全部人便安靜了下來，在他的帶領下前往防空洞避難。

在窄小的空間裡，眾人極為安靜地聽著遠方傳來的砲彈爆裂聲，亮介摀著耳朵不斷發抖，尋英卻超乎自己想像的冷靜，他一心想著惠美的安危，也是那時，他明白自己已和初上台北時截然不同了，除了生活的磨練，心中有所牽掛之人，也讓他有了力量。

空襲結束，學生們回到街上，看見四處都是來回奔走的民眾或警察。當尋英得知轟炸的地點在台北橋周遭，與惠美家相隔一段距離，忍不住鬆了一口氣，但隨即又為自己僥倖的想法羞愧不已。

那夜以後，警報聲成了常態，平民們生活在恐懼中，住在二樓以上的人，為了方便逃難，幾乎都改為在一樓睡覺，政府也更加嚴格地在白天執行演習，在夜裡執行燈光管制。那

時許多人都選擇從風險較高的都市，疏散到鄉間，亮介就被父母安排到苗栗的親戚家，尋英也收到了父親發送的電報，要他立刻打包回新竹。

匆忙準備中，他只能與惠美見上最後一面。

他們相約在大稻埕河畔，重溫彼此相遇的故事，緣分是多麼奇妙，如若尋英那時不那麼幼稚，已然有現在的十分之一堅強，或許兩人就不可能相遇，但也是那日的轉折，讓尋英成長為今天的模樣。

在夕陽的照射下，尋英吻了惠美，他輕摟著惠美的腰，感覺惠美的身體好小好小，就像風一吹就會從指縫中溜走。接著惠美忍不住掩面哭了起來，「戰爭要是快點結束就好了。」她啜泣著說。

尋英看著惠美的模樣，忍不住脫口而出：「妳和我一起回北埔，我們去和妳爸爸說……」話還未說完，惠美就用力搖頭打斷他，尋英清醒過來，深刻意識到他們僅是十幾歲的少年，面對命運的大手，毫無抵抗的能力。

5

天還未亮，僅是泛出藍紫色的光時，身邊的僧人便一一起床疊被，準備前往早課。尋英被他們的動靜吵醒，睜開雙眼，恍惚看著他們的動作，身邊一個與他年紀相仿的僧人注意到尋英的視線，露出不好意思的表情，欠身說：「少爺可繼續睡，早飯時間再來一起用餐就好。」聽了這句話，尋英反而無法繼續賴床了，隨即坐起身來，跟著眾人折起床褥。

簡單梳洗過後，尋英穿上木屐、披了外套走到中庭，做簡單的晨操。他瞥見永鳳叔正站在圍牆一隅，不知正端詳著什麼，便好奇地走到永鳳叔的身邊道聲早安。

「歐吉桑在看什麼？」

永鳳叔指了面前棚架下的一堆竹製鳥籠，乍看這樣的景象，一瞬間尋英耳邊彷彿傳來童年記憶中的啁啾叫聲，然而裡頭並無任何一隻鳥。「鳥都去哪了？」

「這幾年因為戰爭，米糧短缺，若還要分出一部分來餵養小鳥，怕會引起僧人的不滿，前陣子便都給放生了。」

「真可惜。」

「也許對鳥來說比較自由喔。」

「當了籠中鳥一輩子，到了山林裡還能存活嗎？」尋英不假思索地發問，說出口才發現這問題似乎有點不體貼。

「你說得對，若有其他辦法就好了。」永鳳叔抬頭望向天空，順著他的視線，尋英看見逐漸亮起的天空裡，有隻老鷹正在山間盤旋，牠在空中繞了幾圈後，似乎是看見了地面上的獵物，便快速俯衝而下，那展翼前行的模樣，像極了美軍的轟炸機，令尋英有些悚然。

「不過英將，你還記得嗎？這些鳥是你說要養的喔。」

「咦，是我嗎？」童年的記憶模糊似夢，尋英總記得他來到覺朗寺時，便已有這些鳥籠。

「是呀，你嫌山裡無聊、吵著想養狗。師父寵愛你，但又覺得狗會干擾佛門清淨，才要我去養鳥來安撫你，有些鳥籠還是我親自做的。」永鳳叔指向一旁幾個做工較為粗糙、形狀歪斜的鳥籠，尋英的記憶才漸漸浮上意識水面。曾有那樣的夏日午後，他站在永鳳叔面前，看著永鳳叔手腳笨拙地拿著竹條組織鳥籠，已剃度的頭頂上全是汗珠，在陽光下閃著光。

永鳳叔忽然笑了起來，說：「英將從小就是聰明的孩子。」尋英不解，等著永鳳叔繼續往下說。「有次你拿著水果，想伸手進去餵一隻白頭翁，但白頭翁性子野，你拉開籠子牠就立刻逃了，一下子不見了蹤影，你哭鬧著要我把鳥給抓回來，我怎麼哄你都沒辦法，哭了好幾個小時。」

永鳳叔轉過身來面向尋英：「但到了晚餐時，你就突然不哭了。我問你：『英將不要小鳥了嗎？』你很嚴肅回答我：『我長大了，沒關係了。』好像不過幾個小時間，你就成長了好幾歲。」

尋英沒有回應，但這件事他清楚記得。

「你那時領悟什麼了呢？」

「或許只是哭累了，在賭氣吧。」尋英笑著說，永鳳叔也笑了。

幾名僧人站在堂前叫喚永鳳叔，永鳳叔便說：「我先去忙了，英將四處走走吧，早飯時間再回來就好，小心別著涼了。」尋英點頭，目送永鳳叔離開。

尋英在寺廟周邊的山路散步著，途中被林間的野猴吸引了目光，便站在原處與牠們對看，尋英朝著牠們大喊早安，但猴子們只是瞥了他一眼，便繼續瞇著眼睛昏昏欲睡，果真是不見、不聞、不言的三不猴。蹉跎一段時間，天空從原本的灰藍變成了亮白色，他思量時間差不多了，便轉身回到寺廟用早餐。

拾掇片刻，尋英背著行囊走到寺廟門口時，祖母早已在那裡等待著他，祖母抬起頭的黯淡眼神，令尋英有種背叛、冷落了她的感覺。祖母問了祖父的氣色狀況，尋英簡略地回答，沒有多聊什麼，兩人便帶領著工人朝返家的方向前進。

過了幾個禮拜，尋英終於收到了來自惠美的信，他從郵差手中接過時，幾乎是飛奔似地回到臥室，躲到角落立刻拆開來看。然而讀完以後，原本興奮的心情卻跌宕到谷底，惠美在

信裡的語氣十分消沉，過去的開朗性格似乎全在戰爭中給磨耗光了。

信裡提到，戰爭的物資緊迫，能分配到的食物越來越少，已經有幾日他們家人一天只吃一餐。弟弟哭鬧不休，父親為了採買生活物資，冒險前往黑市，但不知是幸還是不幸，才在路上就遭到警察盤查，便不敢再去了。惠美只能將煮菜的湯汁留下來，讓弟弟喊餓時，能有稍微充飢的作用。

接著惠美寫下的一段話，令尋英怵目驚心。

「我最近經常想到有關『死』的事，我總感覺自己快要死了，爸爸和弟弟也會和我一同死去，我不知道這預感從何而來，但揮之不去。就如同我常以為自己聽到了警報聲，但側耳傾聽，卻發現那只是存在於我腦海中的聲音。

如果我死了，會上天堂嗎？就算我上了天堂，與我不同信仰、沒有受洗的媽媽和尋英，是否無法和我在天堂相聚呢？如果是這樣，那麼這一切等待又有什麼意義？

想到這裡，我就覺得好孤單。」

信到這裡便草草收尾，尋英可以強烈感受到，絕望已在惠美的心中發芽。信中所描述的情景，與尋英所生活的環境差別極大，由於美軍不太可能浪費彈藥轟炸農村，大部分農人都對偶爾響起的警報處之泰然，爸媽也放任弟妹在附近鄉間四處玩耍，而那裡都是農田，並不真的缺乏蔬菜，仍是一副田園牧歌的樣子。

尋英立刻拿起信紙回信，他已下定決心請求父親，讓惠美一家人疏散來新竹，只要惠美那邊的狀況也允許，他就會立刻行動。尋英思索了半晌，繼續動筆寫下，他告訴惠美不需擔心讓家人知道他們的戀情，因為只要戰爭結束，他一定會馬上迎娶惠美，「所以，請盡快回信。」尋英這封信當然是衝動下的產物，但迅速重讀後，與他內心願望也並無二致。

尋英帶著信件，拔腿衝出家門前往郵局。

❧

那年五月，大雨連綿不斷，弟妹每日悶在家裡，纏著尋英喊無聊，卻被他大聲轟走，哭著跑去找母親求安慰，連母親都被尋英的轉變給嚇了一跳。一直沒有收到惠美回信，尋英變得非常焦躁，他不時從報紙上看見全島各地的空襲新聞，每回都擔心這次投彈的地點靠近惠美的家。

終於在月底，尋英按捺不住，某日前去找父親談話，將一切心事全盤托出，他請求父親允許自己前往台北接惠美一家人回來，更請他答應自己和惠美之間的婚事，一股腦說完之後，他平伏在地，對父親做出土下座的姿勢。

面對這一連串的請求，父親愣住了，他要尋英先起身，但尋英不肯，趴在原地堅持要父

親答應了他才肯起來。父親看著尋英的模樣，發出了爽朗的笑聲，這讓尋英感到疑惑，忍不住抬起頭看父親的表情，他原以為自己會換來一陣責罵。「尋英啊，你成長不少喔。」父親這樣說。

父親伸手將尋英扶了起來，大概問了他與惠美是如何認識的，惠美的家庭狀況如何，大概確認了惠美並不是什麼可疑人士後，他和尋英說：「結婚的事，見到了人我們再慢慢商量。借宿就好解決了，你先去台北確認對方的意願，也探望一下她，如何？」

尋英用力地點頭，感動得幾乎要哭了出來，又再次伏地跪下。

隔日早晨，尋英便搭上第一班火車前往台北，他整夜無法入眠，思緒東奔西跑，一下像個尋常少年幻想與惠美成婚後的情景，一下又擔憂起失聯許久的惠美，是否已經一家人遭遇什麼不測。聽見雞鳴聲時，他從床上起身，就著微微透進的天光，走到鏡前，看見自己雙眼滿是血絲。

此時車廂隨著軌道左右震動，天色漸漸轉亮，稀疏的旅客卻彷彿過著相反的時間，在座位上頭搖擺沉睡。尋英倚在窗邊，一點睡意也無，他直愣愣盯著台北的方向，思量著見到惠美時要說些什麼，又要如何說服惠美的父親。他在火車的位移中，深刻感覺到這是人生中無可逆轉的重要時刻。他不再是少年了，他要守護自己心愛之人，對自己的未來作出明確抉擇。列車哐噹、哐噹前行，規律的節奏像是尋英勃勃跳動的心音。

眼前的景色如幻燈片跳動，遠方的山坡反射出金黃色的晨光。今日是個亮麗的大晴天，適合重逢的天氣。

也是適合空襲的天氣。

一陣不自然的音頻從遠方傳來，尋英立刻警覺地坐挺身子，方才還酣睡的其他旅客也紛紛清醒過來。那是空襲警報。一時之間，車上所有人都慌了陣腳，站起身將行囊背在身上，有人朝著車掌大喊「停車！」，然而距離台北僅剩不到十分鐘車程，情勢未明，鐵道也經常是空襲的目標。列車長當機立斷，將目的地改往有較大防空洞的樺山車站，再指引眾人前往避難。

火車終於抵達月台，乘客們皆已擠在車門口，門一開，所有人都急忙衝下車，尋英幾乎是被後方的人撞出車門的，他在月台上踉蹌跌了幾步，隨即便脫隊，朝著惠美家的方向奔去，但立刻被車掌大叔給抓了回來。「臭小鬼，不要命了嗎？」尋英奮力扭動身體掙脫，卻在那刻聽見不遠處發出砲彈落地的巨響。

伴隨著爆炸聲響，眾人停下了腳步，世界好像靜止了數秒鐘，但回過神後人群便立刻拔腿跑起來，尋英也被車掌揪著衣領，拖著前往防空洞的方向。「不管你急著去哪，先給我把命保住！」尋英聽見車掌在他耳邊吼道。

在地面轟隆作響的巨大震動中，尋英在悶熱的防空洞中，與陌生人肩並肩擠在一塊，空氣裡混雜著濕土與汗液的氣味，不時有哭聲和叫喊聲傳來。爆炸離他們所在之處非常近，每

次地表發出轟鳴聲，尋英的內臟幾乎都隨之晃動，他感到非常想吐，胃酸幾乎已滿溢到了喉頭。惠美的家離此處並不遠，依照之前演習的慣例，他們一家人大概已前往學校旁的教堂避難，尋英在心中不斷祈禱，希望惠美沒事，向佛祖許願完後，又學著惠美向上帝禱告。無論是哪個神都好，幫幫他們，保護他們。

又一聲爆炸聲傳來，那距離之近，幾乎就在頭頂。尋英終於忍不住，在人群中推擠著，走到角落將胃裡的東西嘔了出來。在眾人的靜默中，他的嘔吐聲顯得突兀而清晰，尋英抹去嘴角的汙穢，轉過身來，看見一雙雙眼睛用厭棄的眼神盯著他瞧，彷彿他也同地上那灘酸液一樣餿掉了。

一個多小時後，爆炸的頻率逐漸減弱，終於歸於平靜。眾人緩緩移動出黑暗的防空洞，尋英的眼睛一下子無法適應刺眼的陽光，看不太清楚，但隨著刺鼻的煙硝味，他漸漸適應光線，睜大雙眼，只見台北城裡四處冒著黑煙，有些地方還閃著火光。

尋英內心茫然無比，卻直覺地朝著教堂的方向奔去，他飛快地跑著，心臟用此生沒有過的速度激烈跳動著。每次吸氣，尋英都感到空氣中的焦臭味道要侵蝕他的內在，使他整個人也變得烏黑一片。

轉過街角，教堂終於出現在尋英的眼前。然而眼前的景象卻是如此不真實，原本壯觀的教堂，只剩一面舞台布景般的牆。而在那牆之下，是仍在燃燒、冒出黑煙的破碎瓦礫。砲彈

直接落在了惠美一家人的躲藏處。

在來回奔走救火的群眾中，尋英拖著步伐走到教堂旁，惠美就在這些磚頭底下嗎？他的腦海一片空白，感覺自己的魂魄仍留在剛才的防空洞裡，想要說服自己眼前的景象僅是他做的惡夢。

一旁有堆瓦礫崩落，石塊與碎屑滾到了尋英的腳邊，像是想要抓住最後一點什麼，尋英下意識彎腰拾起了其中一塊碎磚，卻立刻被燙得鬆開了手，那些瓦礫都已被火焰悶燒得溫度極高。尋英將手掌舉到面前，看見自己的手心和指腹生出了水泡，但是他絲毫感覺不到痛。他的心臟似乎也被炸彈轟出了一個黑洞，所有的情緒和感官都被吸了進去，消失無蹤。

尋英抬起頭，看見煙霧中教堂僅剩的牆面上，掛著寫有「萬有真原」四個大字的匾額，而他一點也不明白那是什麼意思。只是站在那裡，一動也不動地凝視著那四個字。在那之上，教堂圓頂的十字架仍絲毫無損地站在那裡，逆著陽光，整座牆彷彿一個巨大的墓碑。

6

似有颱風將要來襲，夕陽的顏色因此紅得不可思議，像是誰在作畫時打翻了顏料，暈染了整片天空。尋英站在寺廟大門，回頭向山坡下望去，眼前的景色讓他聯想到血。

八月時，在天皇的玉音放送中，日本投降，戰爭結束了。

此時剛過中秋，尋英再度隨著祖母來到覺朗寺。永鳳叔依照慣例先差人將祖母帶往住所，再領著尋英前去與祖父會面。

祖父如同上次，端坐在道場內等待尋英。踏在木地板上，走向祖父的那幾步路之間，尋英突然有種感覺，祖父連同整座寺廟，是與外界毫不相關的存在，所有政治的變動、戰爭的紛擾都不會影響它們。就像它們脫離整個時間軸，獨立在歷史之外，不屬於任何一個時空。祖父也不會再老去，永遠待在同一處，詢問他相似的問題。

當然這只是他的想像，世間沒有任何事物會永存，都有灰飛煙滅的一天。

在夕陽的光輝中，祖父的身影仍舊那樣端正，可在尋英眼裡已不再那樣偉岸，僅是慈祥的長輩，他可以毫不猶疑地直視祖父的雙眼。而他也發現，祖父的視線並不如同他過去想像的總是銳利地洞悉，是一雙柔軟而疲憊的眼神。

祖父提起了廣島和長崎落下的兩顆原子彈，僧人每日都在為戰爭的犧牲者誦經祈福，願他們早日脫離苦楚。祖父用緩慢、低沉的聲音訴說著對世間萬物的憐憫，尋英的心中卻莫名湧出一陣憤怒與不耐，他突然發話打斷祖父：「阿公，我會回台北唸書，我不想繼承寺廟。」

面對祖父時，尋英從不曾這樣直言，甚至可說有些無禮。

祖父愣了幾秒，但大概心中早有個底，隨即便點點頭說：「我明白了。」

沉默半晌，尋英接著說，「我想問您，人死了以後會去哪裡？」「發生什麼事了嗎？家裡的人可都還好？」聽見這個問題，祖父閃過了擔心的神色，祖孫兩人的相處間似乎是第一次有這樣展現情感的時刻。尋英問得唐突，自己也不知該如何解釋起，只是支支吾吾地答道：「是在台北的朋友。」說完，尋英原本端正的體態立刻鬆懈，肩膀垮了下來。

看見孫子如此消沉的模樣，祖父陷入了深思。思考良久以後，才看著尋英說：「尋英，你還活著，這才是最重要的。」

祖父回答後，尋英將頭低了下去，他不願讓祖父看見他此刻的表情。

惠美已經離開這個世界了，無論尋英是否接受，他都必須與這個事實共存，活在沒有惠美的未來。

一週前尋英曾到台北拜訪亮介，他到家具店門口，看見亮介端坐在櫃檯前，拿著毛筆練

習書法，尋英刻意不出聲叫亮介，觀察亮介提著手腕在宣紙上歪歪扭扭地臨摹字帖，直到亮介發現他的視線抬頭。兩人相視，像是要辨認彼此面孔那樣，一下子不知該如何打招呼。

「搞什麼啊，真不像你。」尋英指著亮介手中的毛筆說，才打破尷尬。

亮介害羞地笑了，他將毛筆擱在硯台上，「爸媽說接下來是中國語的時代，要我將書法給練好。」

「叔叔阿姨呢？怎麼只有你一個人在顧店？」

「日本人要回去了，許多人正在拋售高級家具，他們兩個撿便宜去了。」

說完亮介便轉身去拿了茶具，熟練地為尋英泡茶。

兩人手握茶杯，坐在桌邊卻沉默著。

「明明才幾個月不見，卻感覺過了好久好久，連我的名字改回來了，你以後要叫我『張宗亮』，長谷川亮介已經走入歷史了。」為了舒緩氣氛，亮介刻意用老氣橫秋的語氣，說完還將手中的茶一飲而盡。

然而過了許久，尋英都沒有答話，只是盯著前方，最後才小聲說了一句：「好多事都變了。」

「尋英。」

此段時間兩人通信，亮介已然知道了惠美的死訊，他喚尋英的名字，傳達得更多的是無法化為語言的情緒。惠美死後，尋英不曾掉過一滴眼淚，原以為自己情緒已經麻痺，聽見摯

友的叫喚，一瞬之間，他心裡有某處一直堅守的部分徹底陷落了，他無聲地哭了起來，眼角無法控制地流下淚水。

亮介坐到尋英身旁，伸手搭住他的肩膀，兩人便這樣坐著，許久許久，彷彿一起在哀悼必須永遠告別的事物。

❧

夜晚，尋英留宿在寺廟的宿舍。中秋剛過，仍舊飽滿的月亮，高掛在無雲的天空上，尋英平躺在床鋪上，看見從天窗透進的月光，想起他曾和惠美說過，自己心中的神就像是宇宙中的巨大光球。他忍不住想像此刻是否也有一個高於萬物的視角，正在照看著他。但他什麼也感受不到。

山泉仍在岩壁間滴落，發出如木魚般清脆的規律聲響。尋英將手伸出棉被，半舉在空中端詳著。空襲那日手握瓦礫所受的燙傷，如今已好得差不多，但新長出來的肉，與原先的膚色不太相同，隨著時間過去，這道傷疤也會逐漸淡化，只剩下受過傷的記憶。但他竟然對於傷痕即將消逝這件事，感到不捨與惋惜。人竟然會想念一道傷。

尋英瞬間有股衝動，像是要從空中抓取什麼一樣，他握緊拳頭，用力得幾乎發抖起來。

然而當他緩緩鬆開手，凝視著掌心，發現那裡頭空無一物。
只有夜，沒有其他。

犁阿卡車

林立青

1・走私

阿雄一手拿著扁擔，一手抓著幾個疊在一起的竹簍，看得出裡面是空的，姿勢卻一點不省力，竹簍東晃西晃，幾次差點掉到地上。生疏的模樣看上來不像是個挑夫，反倒像是個力士在耍刀弄槍。

走到巷口時遇上管區和保正，他們正要開口問，阿雄搶一步上前說道：「兩位大人早啊，你們看我這扁擔還能用嗎？我們這種辛苦人賺吃穿的工具壞了，還真不知該怎麼辦……」說完擠出一個苦笑的表情，嘴上嘿嘿嘿笑著，腳步踉踉蹌蹌地轉頭便走了。

管區連同身旁的鄰居們被這句話逗著一起笑了出來，保正趁他經過時說：「就說去拉一台犁阿卡了。」眾人都了解阿雄體力雖好，對於扁擔竹簍這些做體力活的工具卻不甚熟悉，也就不再大驚小怪。

阿雄一路快步疾走，直到進家門了才停下來喘氣。他抬頭看著與天花板幾乎等高的神明桌，每天出門前他都會拿香致意，上方掛著的幾片木匾，上面題字「以德服人」，左右邊還有另外兩個匾，分別是「以武載道」及「保境安民」。牆上掛著幾張掛畫與剪報，裡面的人露出精壯的雙臂，依稀看得出來這戶人家被採訪過。大庭左右各有兩張藤椅和茶几，上面除了收音機以外，還有些報紙舊書。

阿雄將扁擔和竹簍放在廳中，正蹲坐在地上將竹簍分開時，聽到身後傳來一陣緩慢的腳步聲，他嚇得一時手軟，提在手上的竹簍滾落，在腳邊散開。

「阿雄啊，你當真要買犁阿卡？」一位膚色黝黑身材矮胖的中年男子從門口走進來，朗聲對阿雄說道。「阿叔，是你啊。」阿雄一句話差點說不完，「是啦，最近在考慮，問了幾個平常有在來往的攤商，但就找不到門路，實在是沒辦法。」阿雄弓著身子，邊說邊趕忙伸手，想把從竹簍裡掉出的布包抓起，阿祿早一步，俐落地把布包拾起，藏進口袋裡。

「真的在考慮要去幫人拉貨？」阿祿從口袋掏了幾張紙鈔，放在神桌上，再雙手合掌拜了堂上的神明。「對了，這麵龜剛剛炊好，趁熱吃。」說完把兩顆麵龜放在茶几，然後側身對著

牆角，手裡揣著黑色布包。

阿雄抓起麵龜，溫熱的手感頓時讓他的緊張減緩不少，「阿叔，這次量少，缺貨——」，像是突然察覺自己過於唐突似的，才剛把話說出口就把嘴閉得緊緊的。阿祿輕嘆一口氣，「你喔，就是不小心，家裡剩你一個年輕人，該有當家的模樣。」阿祿嘆了一口長氣，邊搖搖頭，打開黑布包，裡面是暗黃色的一包紅糖。他掂了掂重量，頭還是低低地背著門口，「沒關係，加減啦，只是最近風聲緊，還是小心點。你下午還有什麼要做？」阿雄指了門旁邊的兩個大竹簍，上面寫著大大的「**福皮寮**」三個字，「扁擔壓彎了，麻繩也斷了，要去問問誰在修理。」

自從阿雄開始做挑夫，碰到問題都是四處問人，也常常碰壁。畢竟家族從前在地方上算得上有點頭臉，素來不與攤商、挑夫熟稔。阿雄小時候常聽阿嬤說，家裡在他阿祖前，是武館中的太保，人們是捧著錢到家裡求教。日本人來了以後，武館式微，只得改行做國術館，在人們身上掙錢，兼賣膏藥補貼。更糟的是後來瘟疫爆發，別說台灣人得不到照顧，連明石總督都死在任上，阿雄的阿公和大伯、父親紛紛被送進檢疫所，出來只剩骨灰罈，家裡的國術、武館都停了，留下的只有寂靜的宅院和廳堂日漸斑駁的牌匾。所幸經營明玉香鋪的鄰居黃家惜情，把自家的線香批給他們送貨跑單。幾年前，阿嬤和嬸嬸相繼過世，只剩下年紀最

小的叔叔和他兩人，與黃家本沒什麼情分，仰賴過往人情畢竟非長久之計，一對叔侄只好四處打雜，如今竟淪落到**犯險走私**。

阿祿已把黑色布包收回口袋，走到阿雄旁邊，嘴裡嚼著麵龜說：「你若有閒到街上，打聽看看哪裡有酒能賣。」

「酒？」阿雄將神桌上的錢收好後，隨手把扁擔和竹簍拿到門口，「糖也不行了嗎？這幾個月靠線香實在不好過。」

「我看糖還是不要再碰比較好，說起來這差事也不是正經的，能有多少命去賺？以前你阿祖……」，祿叔越講聲音越小，若有所思看了看正廳的匾額，才又斂聲說道：「阿雄啊，你是真的考慮頂一台犁阿卡？其實說起來，替人拉貨也好，做人踏實一點好。」

「是有在考慮，但沒錢也沒辦法，現在連兩輪的都沒有，就靠我這兩條腿在跑，難道要永遠做羅漢腳？」

兩人閒聊一半，阿祿突然看著阿雄，「你有想過拉人力車？」

「免想。」阿雄啐一口氣，「我甘願拉犁阿卡，也不要給日本人拉車。」

「阿雄，戰爭還會繼續，不靠日本人，日子只會越來越慘。」祿叔在旁邊說，「我們可以餓，若你娶妻，囝仔呢？」

「咱家當初就是日本人來了以後，才過這樣的日子。」阿雄轉過頭來看著祿叔，「要我去幫日本人拉車，食較穩的（想得美），我甘願繼續挑賣線香，觀音佛祖保佑較贏啦。」

這半年以來，因為戰爭原因，明玉香鋪的生意在戰爭管制後反而變得更好，北機場被轟炸後，艋舺居民紛紛說觀音會接子彈和炸彈，往後所有空襲警報人們不疏散，反而是搶鑽龍山寺神桌，這傳說讓香火更盛，製香鋪訂單接不完，一些小販為了招攬生意，更加油添醋地將故事傳播出去，官府不堪其擾派出經濟警察和查緝員明查暗訪，問了半天以後又只能認定這沒違法，只得帶回香鋪的紙錢線香盤香回去稟報，這事又被傳成日本警察都來老明玉香鋪買香跟拜，祈求警察局不被轟炸，名聲更甚，早些年有人用香灰治病，現在則有警察買香防警局被轟炸，謠言不只影響新興宮和青山宮等大廟旁的香火攤，連路邊沿街小販都向這裡批貨叫賣，有些人自己上門，另一些則是每天香鋪將線香包妥後，便讓阿雄送到各大宮廟和其

他小販，有些採收青草的攤鋪為人治病，也都購入線香作為藥引，黃家的製香鋪不僅沒有在戰火下受到影響，反倒更加興旺起來，阿雄連帶著受惠。

「賣香也不是隨時好啊，你之後有沒有其他打算？」

「接下來是保儀大夫生日，迦納子那裡的人訂了一批線香，要上萬新鐵路去景美，黃伯要我幫忙挑去到車頭，等景美人來接應。」

「只靠香鋪嗎？」祿叔嘆了一口氣。

「我會去福皮寮看看有沒有其他幫閒的，等等也要幫忙把盤香送去茶桌仔。」

「阿雄，我們一家絕對不幫日本人拉車，但我覺得你還是頂一台犁阿卡較實在。」

「我也注意很久了，每天問，也是讓保正、警察記得我只是個挑夫，那天師傅說這種鐵車遲早有一天會出白鐵的。」

「白鐵？」

「現在外國有一種不會生鏽還會閃閃發亮的鐵，不用上紅丹和油漆就可以每天拉著跑，而且不怕水。」

「阿雄啊，如果拉人力車，不載日本人呢？」

「……人力車只能在車頭等人，我拉犁阿卡，或許有一天可以開始做一點小買賣，祿叔，怎麼連你也開始擔心生意了？」

「你不想拉人力車我懂，但我覺得可以做點小生意，在車上搭屋台箱子，改一改以後，犁阿卡也可以當攤車使用。」

「露店那裡的人說這樣叫做犁阿板。」

「犁阿板？」

「犁阿卡上面有大木板，比載貨的犁阿卡高一點，短一點，可以搭木箱當攤位。」

「這樣也可以載貨又做生意。」

「可以的，而且是充氣車輪。我日語不好，車站不給去，人力車拉不過人。」

阿雄想過很多次了，如果有犁阿板的話，以後慶典等活動，在攤車上架屋台賣點東西，若是宣布大捷或戰勝，百貨和市場一定又有激安特賣，上次和兩喜一起去大稻埕批貨會帳，那裡的警察聚上來問得仔細，兩喜攤位設得早，合法經營又上過報紙，依舊要詳細交代，還被警察問了配方成本等等，很不是滋味，可是進城賺錢快，去年揭記請他幫忙挑茶到松山車站，那天足足賺了兩圓，回程時還給主人招待。另外一點是，人力車需要國語才能夠勝任，可是拉車擺攤的，只要勤勞點抓好時間，不怕沒有收入。

「若是我有自己的犁阿卡啊，我就在上面插小旗子，和阿公一樣在路邊公開打拳……」

「好啦，說不過你，去吃膨皮麵魷魚羹，也上街看看犁阿卡按怎駛。」祿叔站了起來，一拐一拐地將黑布包揣在懷裡。「我也去處理一下事情了，記得看看酒哪裡還有得賣。」

阿雄將盤香放入竹簍中，拿起扁擔，和祿叔一起前去福皮寮。

2・露店

動線：遊廓（風化區）玄天上帝、經龍山寺到剝皮寮

龍山寺前是艋舺的命脈，日本人來到台灣以前，這裡是艋舺三邑人的生活重心，在這裡議事經商，聚眾起事或舉辦慶典，久而久之聚集大量人潮香客，倚靠龍山寺前的半固定攤商通稱為露店，靠著龍山寺的圍牆而生，日本人來台後採取寬鬆管理，在明石總督過世以後，

日人威信大損，放鬆了對慶典的管制，甚至藉由活動來振興商圈，要求商鋪店家負起環境維護的責任，最近這裡的店家則是開始被衛生警察盯上，研議著該如何跟上。

兩人到龍山寺前，遇上一名行乞的老人，祿叔本來要繞路而行，阿雄卻掏出硬幣，丟在老人面前，隨即在老人的「感恩」聲中快步離開，祿叔嘀咕起來：「給乞丐像是把錢丟水裡。」

阿雄邊走，邊念著：「露店作生意欸，加減攏欸給個零錢讓他們離遠一點。」

「你也不是擺攤欸啊。」

「阿叔，你給他們推膏藥，我給他們送線香，多少也算半個了。」

兩人走到露店，將線香批給了賣香的小販後，被一旁攤位上的人喊住。

「阿雄！」一人對著他們大喊，「呷飽未？」

說話的人，攤車上畫著一隻魷魚。

「兩喜哥！」阿雄和阿祿也迎上前去，和兩喜搭起話來，「我的扁擔好像壞了。」

陳兩喜從挑著扁擔開始在龍山寺賣魷魚羹，早年他沿街叫賣，一邊的簍子裡面放碗，另

一邊裝魷魚羹和他每天清晨捏的手工魚丸。他和幾個攤家在龍山寺廟前搭屋，組成「露店」，將木製攤位固定在龍山寺旁，阿雄每天從剝皮寮經過，早已成為熟客。兩喜接過扁擔後只看了一眼，直接說：「這簡單啦，換繩就好，」並隨手從攤車下拿出一支扁擔，「這支先拿去，明天過來找我拿。」

「兩喜哥不考慮多賣點魷魚羹以外的嗎？」

「賣魷魚羹就好，現在賣什麼都可能要被管。」

「如果煮一鍋飯一起賣呢？或者是米粉炒？上次你自己炒的米粉好吃極了。」

「這考慮考慮，戰爭繼續下去，怕是魷魚也斷貨。」

「是啊，拜拜完吃炒米粉後加上一碗魷魚羹。」

「等戰爭過後吧，現在什麼都在管制了。」

「免驚啦，龍山寺這裡是艋舺的中心，不可能會有事情的。」

攤商對於龍山寺極有信心，這裡的風水是傳說中的美人穴，只要龍山寺前有水池的風水格局不破，便可以形成「美人照鏡之勢」保佑艋舺繁華興盛，抵擋火災。日本人來了以後，便在龍山寺旁設置消防高台，因為日文發音萬華音同艋舺，也就順著萬世繁華，加上觀音信仰

台日共通，這些小吃攤商陸續在這裡搭上鐵皮棚子，或者群聚擺攤，儼然成為一股「露店」勢力，他們對龍山寺有無限感情，廟會時大力出錢並且組織起來，倒也成了一番風景。這些露店仗著自己靠龍山寺近，擁有觀音庇護，警察多半時候也不大到龍山寺前查緝，加上幾次空襲警報後，傳出觀音菩薩會接子彈和炸彈，神力無邊，更讓生意蒸蒸日上。

「阿雄，聽說你現在送香送到榮町去了，我看量再大一點就要去拉犁阿卡了。」兩喜隨手就把扁擔上的麻繩解下，順勢和阿雄叔姪聊了起來。「現在要用犁阿卡才賺得到錢。」

「還在想啦，犁阿卡一台也要不少錢，之前後車站那裡整條街都在拆腳踏車改犁阿卡。」阿雄邊回應，邊看著兩喜借來的扁擔，上面的麻繩嚴嚴整整服貼，看上去堅固而耐用。

「充氣輪在路上好拉，氣輪卡不怕翻車，比起木輪好真多，木輪遇到爛路就受不了了。鐵車和氣輪出來以後，跟不上人就完蛋了。」兩喜邊說邊裝了兩碗魷魚羹。看著阿雄吃著魷魚羹，兩喜從攤位下方拿出一雙足袋。

「阿雄，草鞋磨腳，來試試看這個。我換了新的，這雙給你試試。」

「這……這怎麼好意思。」

「我也是挑擔起家，現在聽說你要拉犁阿卡，套這才擋得久！」

「多謝兩喜哥，多謝。」

兩喜開始在攤位上說教「創業心法」，這裡露店變成固定攤位以後，已經容不大下其他攤車，應該往城內去做點小生意。「趁年輕，去拉人力車也好。」

戰爭不可能一直打下去，人總會吃穿用度，老明玉的工作只能賺吃食，現在鐵路也多了，不如去迦納子，可以考慮批花回來，日本人那裡習慣拜拜時獻花，平平都是茉莉花，做成花茶的被日本人一手抽一手，但送到龍山寺的，可以賺實在錢。老明玉的香以外，應該看看是不是可以連著花一起批貨。

「日本人工廠蓋不完，火車站可能會有新玻璃工廠，那都要人力，多一台車準沒錯。」

「你看看龍山寺這裡，」兩喜環顧四周。「我們台灣人拜拜都不用花，偏偏日本人最重花，你應該研究看看，是不是可以做點花的生意。」

「花瓶與鮮花。」

「龍山寺是不可能倒的。」

阿雄不喜歡和日本人走太近，始終不想頂人力車，更不願跟日本人學藝，看來看去，就只能頂犁阿卡？可是兩喜哥給的足袋大小剛好，完全可以去拉車了。

阿祿叔一直認為去拉人力車比較保險妥當。「兩喜啊，你覺得人力車好還是犁阿卡？」兩喜抓著頭，想了一會兒。「我覺得犁阿卡比較保險，一開始從花開始賣，還可以到處幫忙載貨，有錢了請人做一個屋台，可以拆上拆下的。」

「是可以運貨也可以賣吃食嗎？」

「不一定要吃食，現在吃食難做。」兩喜嘆氣起來。「新的攤車如果賣吃，一定要請人寫清楚後去登記，也要注意乾淨，城內的警察多，如果不寫清楚，是會查緝起衛生和經濟度量，被找碴的話，整個攤車都會被砸掉沒收。」

話說到此，上面寫有膨皮麵的攤車推過來，是大目仔的犁阿板車，攤車上掛著筷子架，還用小紗門把小菜區隔開來，吸引了眾人的目光。兩喜大聲地向大目仔喊：「三碗膨皮麵，加蛋！」

大目仔笑著回：「還沒好啦！」並對著兩喜喊，「兩碗魷魚羹！」

「大目仔，」兩喜對著大目仔說，「阿雄扁擔彎了，正在考慮拉一台犁阿卡，來點意見參考一下。」

「推車這較輕鬆啦，慢慢想。」大目仔笑著整理攤車，「賣些米苔目不錯，北門町那裡有些攤商屋台做的精緻小巧，我看是算好時間，賣些冰綠豆湯、花生湯，下午往女學校過去等放學，中午可以去榮町公會堂，天氣熱時給牙口不好的人當點心……」

「冰淇淋咧？」

「冰淇淋較貴啦，閣愛冰箱，咱先賣紅豆湯卡簡單……」

對於販售吃食的攤商，湯湯水水禁不起地面震動，有一段時間只能用扁擔，有了犁阿卡後，每天都有人詢價參觀，店家們將準備交車的成品擺出展示，五金街上原本舊型攤車的木輪或鐵輪既費力又容易壞，只要離開道路，遇上高差太大的凹陷處就可能震破瓷盤陶碗，充氣車輪的吸震力成為更多人選購的主流。鐵架比木頭堅固防水，這潮流從城內到大稻埕又到艋舺，做流動生意的都在盤算著是不是如何可以換上一台推車，有些人則是針對「屋台」開始進行改良，將原本的日式推車做了更動，更像台灣人口中的木櫃木箱容納碗盤。

「那犁阿卡到底怎麼好呢？」阿雄問。

「戰爭管制，有犁阿卡也是重要的。」大目仔認真地回答，「挑夫能挑多重？真的要載砂包米袋，還是要充氣輪。戰爭開始，幫忙載運東西，逃跑或者是載著自己家人，也都是犁阿卡才夠有力，有些人做不起人力車，也是用犁阿卡送去病院。」大目仔說得興起，拉著阿雄，開始指著自己犁阿卡邊緣的轉角處，「這裡會鏽，要先去買砂紙磨，交車時跟店家要一點紅丹，多上兩層漆……」

大目仔又指了握把端與車體連接的位置。「這裡也容易生鏽。」最後說明自己在握把位置綁上麻繩增加握力，結果麻繩綁好的下方鏽得最嚴重。「鐵車和木車完全不同，照顧方式也不同。」

大目仔在龍山寺前和兩喜一起賣小吃多年，兩人現在紛紛談起各種攤車的經營之法，一開口就停不下。「不用火的話就可以進城內，但冬天能賣的就比較少了……」

犁阿卡據說是後車站開始的，後來是將充氣車輪和攤車結合，出現了鐵架和鐵盤，攤車可以直接使用明火烹飪，工匠們腦筋動到攤車上後，充氣車輪就有了無數種客製化作品。不只鐵架和充氣車輪，這裡的料館也掛上「屋台」的手寫板；腳踏車回收業本來沿著河岸的舊碼頭的五金街而開，就算在戰爭時期，各店面依舊要做生意，叫收來的學徒半桶在店門口敲打車身刷塗油漆，一來可以對著日本人表示敬業，一來吸引人的目光。街頭上除了有錢人的汽

車、中產階級的腳踏車與人力車外，小攤商與勞動階級紛紛將慣用的竹簍和扁擔換成犁阿卡。

「如果是自己的車，」大目仔說了半天，碗裡的麵都吃完了，還在演示著雙手往犁阿卡的車上往下壓。「底板要用實木的，耐火又安全。用薄木板載不久，載不重也不好用，價差卻是五、六倍……」

大目仔還在聊著，突然見到有人騎著單車，沿街叫喊：「米苔目出代誌了！」眾人圍過去，頓時只剩下阿祿捧著膨皮麵愣在原地，其他人又燙又熱地急著吃完前去看熱鬧。

出事的是天生仔。

挑扁擔的天生仔也是市街上的一員，在艋舺落腳後，固定沿街挑扁擔叫賣米苔目和涼粉條，冬天則是賣花生糖，幾年下來大家已經熟悉了他的叫賣聲，感覺聽到吆喝聲沒有來一碗米苔目渾身不對勁。只是天生人丁多，每一口都要吃用，他的妻子在家做米苔目涼粉條，稍大一點的孩子會一起幫忙熬製糖膏，一大清早就要先買冰，好讓米苔目涼粉條Q彈，全家賺

的是辛苦錢。

「昨日暗時，警察抓到伊去大稻埕買糖。」

「是按怎給警察掠去？」

「臨時攤仔買無糖又無證，查緝仔暗時跟伊去，發現伊又跟人買糖。」

「賣冰無糖是按怎賣？」

「現在管制，糖也配給，被掠到就是罰錢。」

「上次罰過了，這次怕是起腳動手。」

「已經押進去呀，希望有放出來。」

「經濟警察啦，一定打重傷，這下害了了。」

眾攤商七嘴八舌地喊著，經濟警察是專門在市場的查緝員，專門找出黑市交易、違法囤貨、哄抬物價的可疑分子，也是攤商的眼中釘。他們喊著經濟警察應該要針對大型批貨商、盤商來管理，可是實際上，卻常常跑到市街上抓小攤商的秤仔是否公平，最麻煩的是不由分說地抓人到警局嚴刑拷打。

「天生仔本來也是要換推車的，」兩喜說道。「每天這樣扛，身體哪袂堪得（受得了），只是上次開罰，天生仔本來想說沒錢給關起來好，派出所內大人要他繳款，以後不再開罰，大家充員湊數放人，才過半個月就翻口來抓……」

「這下無知影出不出得來，經濟警察殘暴，打人都是內傷的。」大目仔嘆氣。「這下進去，攤車的事情看是無望了……賺來的錢還不夠繳罰金。」

幾個攤商分別跑去龍山寺找地方頭人出面去打聽一下消息，街區的攤商為此忿忿不平。阿雄看著天生的事，氣呼呼地握了拳頭，阿祿嘆氣拉住阿雄的肩，示意要阿雄跟著他離遠一點。

阿祿叔低聲說，「糖真的不能賣了，要想警察會不會追到我們這裡。」阿祿叔趁著混亂，拿起線香，將阿雄往福皮寮拉去。

場景移動

福皮寮內，兩人帶著盤香到秀英茶室坐下，和艋舺挑夫們點起茶水，附近有些行腳商人

往來，兩人來到這裡各有盤算，阿雄要把盤香送往威靈壇，寄放在秀英剛好，阿祿卻在思考著，如果經濟警察找上來，該如何解釋？

糖米管制，遲早會找上門的。

茶室這裡的話題已經開始圍繞在天生仔的事件上，阿祿跟著一起罵，多少打聽一下經濟警察的動態，也提供第一時間攤商的態度：「大目仔氣死了……。」行腳商人開始說起。自鐵路開通以後，現在只剩下一些簡單的零工可打，買賣糖這件事情算是配額，多少都有人私下收購。

「賣冰的買無糖是要給人死喔。」

「有合法的誰要。」

一旁從榮町送貨回來的人表示，日本人可以直接買糖，但台灣人買糖需要合法登記的商鋪。

「糖廠就在迦納，結果台灣人買糖還出事……」

「穿得像是日本人會不會好一點？」

「穿西裝去買嘛仝款無糖啦。」

話題慢慢轉換，談到日本除了經濟警察以外，還有衛生警察開始查緝行商和路邊小販。近日標準也不一了，過去是皮膚病者不可以營業，但自從各種物資管制後，官方有意打壓路上行商的數量，連腳臭都可以當作裁罰理由。

「幹我就每天洗腳，天要下雨不去管，誰的腳淋雨不臭的。」

「警察管赤腳有理，但要人把腳從鞋子裡伸出來，誰不臭的。」

「伊這款人愛這氣味啦。」

聊到此時，阿雄說：「難怪兩喜要把這個給我。」大家正在討論腳的問題，反過來問起阿雄：

「你是要去拉人力車？」

「這比草鞋還要軟耶。」

「這是人力車夫穿的吧？」

「軟，誠實（確實是）軟。」

「去哪裡買啊？」

「我看還是草鞋實在，穿久就磨軟了。」

「人家這個不用磨就軟了。」

「這個怎麼綁啊？」

一群挑夫們討論起足袋時，門口出現一位穿著全套西裝和盤帽的男子，幾個挑夫笑吟吟地讓路開來，笑問：「頭家，今天有沒有工作可接？」

來的這人是宋協興米行的老闆，他對著阿雄方向問：「是誰有了足袋？要不要幫我去運米？大約兩簍米糧，有誰扁擔還空著？就只差人賺實在的。」

幾個挑夫默不作聲，心想今天沒有外快可以賺了。阿雄回了話說：「我來，剛剛拿到足袋。」

阿祿對著阿雄低聲說：「我等等去看天生，你去忙吧。」

阿雄對叔叔點了點頭，拿著足袋對里長說：「兩喜哥送我的，今天香鋪的事情忙完了，送哪裡都聽頭家做主。」

「好，跟我來。」宋協興喚了阿雄往店外走去。

米行在地已經傳了兩三代，在當地不只作米的生意，同時是保正里長，分配勞務與調停紛爭，相傳他家的米甚至送到總督府去。作為當地的地方頭人可以現做現領，店內的雇員多半送米到城內，如果要臨時雇人，就要里長帶著，怕語言不通或是誤會，做日本人的生意，還要考慮外觀衣著，就算是戰時，日本人還是穿戴著整整齊齊。

本地挑夫多半穿著灰色白色衣服，胸前敞開，腳下踩著草鞋，如果要送往日本人的住家裡，就必須有進城的規矩，上衣可以是漢服西服扣上鈕子，但總要穿著合適，不可敞胸，褲子最好長過膝蓋。有些台灣人就是適應不了，只是過幾天是做粿的日子，想是米行沒人可派了。

宋協興把阿雄叫進米行，仔細看了他一下，拿出一件白襯衫，要阿雄套上。「等等送這家離這裡很近，穿上這件有領子的。」

宋協興看他衣服穿好、一身挺拔後，細細打量了一下。「聽說你想買犁阿卡。」他見阿雄點點頭，說：「這樣好，以後這地方都穿上襯衫送貨，你先跟在我後面慢慢認路。」

「頭家，」阿雄納悶，「這要送去那裡的？」

「愛愛寮。」

3．愛愛寮

宋協興並沒有踩上腳踏，而是推著腳踏車領著阿雄慢慢走，一路交代阿雄到愛愛寮的規矩。「到裡面要說是愛愛院，愛愛寮是我們艋舺人叫慣勢的。」

阿雄聽過的愛愛寮，是傳說中有些不肖子女會將老人棄養在門口，有些老人會哭著進來，死活不肯說話，便在院內離世。

「等等少問話，眼神不要跟裡面的人對上。」宋里長邊走邊叮嚀阿雄。

「日本人來了以後，艋舺問題還是共款多，有的是歹人，有的好人。」里長嘆了一口氣，「今仔日去的這個所在啊，是正統的夫人婆，日本婆。台灣人說『愛花蓮盆，疼子連孫』，伊是愛尪婿連愛台灣人，愛甲成乞丐婆。」

「乞丐婆？」阿雄邊挑邊走，聽到日本夫人皺了眉頭，卻又納悶起來。施先生的事情過去多少有耳聞一個公務員辭職後來幫忙的事。「裡面會有人乞食嗎？」

「不會，但比乞食還糟。」宋協興說。「全艋舺起痟（發瘋）的，現在攏住在愛愛寮。」

阿雄愣了愣。「所以是要送給施先生，讓伊照顧這些人？」

「施夫人。但今天咱要去送米給伊女兒，現在管事的是美代，伊的會員各商號月捐一圓支撐，今天我帶你送些米過去，以後你便幫我送愛愛寮。」宋協興說，「現在糖已經是配給了，但米糧還算穩定，買不夠的，我便來補上，能夠出多少算多少。」

「頭家……你知影天生被日本人警察打的事嗎？」

里長嘆了一口氣。「知影。這多半是被盯上了，做生意的要低調，天生每天吆喝，警察欠

業績就會盯上去……」

「這跟官員說有效嗎？」

「無效。沒有戰爭時，還可以開會抗議，戰爭時沒辦法，只能我們自己知道，等他上街時，大家繼續跟他買冰……」

兩人到了愛愛寮，門口停著一台人力車，車夫的裝扮和阿雄倒有七八成像，阿雄心想這若不是官員，就是醫生。宋協興要阿雄先把扁擔放下，一邊問起車夫：「我們送米來，請問一會，是哪位大人？」

拉車的戴著斗笠，不亢不卑，直直地回話說：「大人，我是載杜先生來的，為著來幫區長看病，要我在這裡等著。已經進去一點鐘了，等等載先生回去。」

門內走出一名女子穿著全身素淨的白衣。「宋先生好。」向宋協興打了招呼後，轉過身來對著阿雄說：「我們的米缸在裡面。我叫美代，麻煩幫我倒進去米缸裡。」

愛愛寮有幾個類似教室的地方，其中一間有些年紀較輕的女孩正用竹子編斗笠，另一些

年紀較長的，正在裡面靠著幾張桌子打草鞋，還有些人排隊在一個房間門口。「那裡正在幫忙看病。」美代說，「今天杜聰明醫師特別過來。」接著又指了靠近圍牆的偏房。「後面就是倉庫，幫我倒入米缸就好了。」

叫美代的女孩帶著阿雄走入廚房，阿雄看了一下，愛愛寮的倉庫也有紅豆綠豆等穀類。將米倒入米缸後，美代領著他走出來。美代和他的年紀相仿，看上去是這裡的使用人，又像是管家的。摸不著頭緒，阿雄想說自己是第一次來，好好做事即可。

米缸倒好後，阿雄跟著美代走出倉庫，卻聽到一旁的矮屋中有人哭泣嘶吼著衝了出來，作勢要攻擊美代。阿雄愣了一下，隨即伸腿將這人絆倒在地，並順手將人壓在地上。美代在一旁說：「失禮了，這人嗎啡中毒，正在治療中。」

「不要緊，你們人都沒事就好。」

愛愛寮內的幾個人紛紛前來幫助阿雄，美代和愛愛寮的人們將毒癮者帶回矮屋內，屋內繼續傳出尖叫的聲音。美代這時發現阿雄的腳上被刮出了一條小傷口。「尼桑，你的腳流血了。」

「這不要緊，只是個皮肉傷。」

「我幫你消毒一下吧。」美代帶著阿雄往門口走去，要阿雄在門口坐下。拿出了醫藥箱後，在阿雄的傷口上塗起紅藥水，阿雄笑笑的，彷彿不痛不癢。

「失禮，都還沒問過尼桑的名字？是從哪裡過來的？」

「我叫阿雄，是從福皮寮過來的。」

「阿雄哥是固定給里長聘的嗎？」

「沒有，我是臨時來鬥腳手的。」

宋協興前來問發生了什麼事，阿雄笑著說：「這皮肉傷，不礙事的。」確認後，宋協興在原本說好的工資外，多拿了一倍交給阿雄。「辛苦了，真多謝，等等可以先離開。」

阿雄拿到工資後，笑著對宋協興直點頭，連說了多聲感謝。這筆錢讓他完全不在乎腳上的傷口，畢竟這意外的收入可以供他三五天的伙食費。開心地把紙鈔收進口袋，再三確認不會掉出來，便扛起扁擔要走。

美代這時忙著開口：「雄哥，你這陣子可以來這裡幫忙嗎？會給你工資的。」

「是可以，但我能幫上什麼忙呢？」

「雄桑不會怕這些乞丐，我想請你來幫忙運貨，像是蔬菜還有一些黃豆。」

「黃豆？」阿雄搔了搔頭。「去市場嗎？」

「是，還有一些……可能還會需要載的。」

「如果急的話，我可以用挑的。」

「那都是大竹簍的，還是犁阿卡車吧。」

「可是……我沒有犁阿卡。」阿雄又搔了搔頭。「那一台也要四、五十圓呢……」

「雄桑能夠每週來兩天嗎？」美代繼續說，「如果可以，我們後院有人捐了一台中古的，你拿去修理修理，一起湊著用吧。如果需要修理的話，再跟我們知會一聲，我們正缺人力，明天可以一起去載黃豆。」

阿雄和美代走到愛愛院的後方。這台犁阿卡和大目仔他們的一樣，之前大目仔說的位置確實有點生鏽，底座的木板也因泡水漲發起來，輪胎一邊漏了氣，但阿雄隨即用一旁的打氣筒充氣，開始照著大目仔說的話重複一次：「犁阿卡是日本來的……這台沒有什麼問題，花個三、五圓訂一片實心板，注意一下握把和銲接處上點漆就好了。」阿雄慶幸早上和大目仔他們討論過，現學現賣了一番，說著哪些地方需要保養和油漆。

美代聽得一愣一愣，只得點頭稱是，拜託了明天代為牽去修理，看狀況如何，再回來愛愛院看來不來得及幫忙。美代隨即拿出五張一圓鈔，雙手交在阿雄手上。「雄桑，修車的事千萬拜託了。」

這算是天上掉下來的幸運，如果愛愛寮沒有用到車，等於就有了一台無本的生財工具，阿雄心裡盤算著，車在我的手上，要做什麼事情他們也不知道。

阿雄將犁阿卡拉回家門口，正想著是不是應該去找實木板，靈機一動，從家門口旁拿了幾隻竹片墊底，再鋪上竹編蓆。「這樣就看不出來了。」明天再鋪上一些報紙以後，送回去愛愛寮，就等於賺到五圓。只是他不懂，美代名字聽起來是日本人，但施乾又是台灣人，搞不清楚愛愛寮和美代的關係。但剛認識美代就拉了犁阿卡回家，還將現金交在手上，可見這真的是天上掉下來的禮物，除了黃家香鋪外，現在又多了一個工作可以接案。

愛愛寮的這台犁阿卡至少值四十圓，對方就這樣白白讓自己拉了回來。「不愧是大人物，回頭可以說要上漆，再多賺一點。」他想著趁這機會拉犁阿卡累積經驗。「遲早也要自己頂一台，自己賺實在，而不是賺人工資。」

阿雄夜裡翻來覆去，隱約覺得自己可能要走運了。

4．新起街

一大早，阿祿問起這台犁阿卡哪裡來的。阿雄據實以告，阿祿卻皺起眉頭說：「幹，那個娶日本婆的？這樣你不就等於在幫日本人做事？」阿雄愣了一下，連忙澄清說施乾是台灣人、愛愛寮是做慈善事業、美代也是一份善意云云。

阿祿什麼也不聽，一股腦又是叫又是罵：「當年你阿祖……」，阿雄聽到這裡就知道阿祿接著要說什麼了，索性把口袋裡的鈔票拿出來，塞到阿祿手上。「阿叔，這款世道，咱應該還是賺錢要緊，而且人家是在救治乞丐的，咱幫個忙也是在積福德呀……。」

阿祿數數手上的鈔票，表情沒有先前那麼氣憤，才又問了阿雄：「跟日本人走得近的人，還是不能太相信……這車這麼破，還要幫他修？這樣有賺無？」

「我收了五圓，先拿竹片湊合著用。」阿雄指著犁阿卡，「先拿來載貨，有空再買實心板和油漆來補。」

「五圓？這假好心的真有錢啊！」阿祿冷笑著說。「戰爭都活不下去了，還能修車，也不知是遇到佛祖還是騙子。」

「至少東西拿到手，用來賺錢看看，別人出本錢給我們賺吃，怎麼會不好？」阿雄拍拍犁阿卡的把手，一副胸有成竹的樣子。阿祿一時也再說不出什麼醜話，又不想附和阿雄感謝施家的態度，只點點頭默許。交代幾聲注意安全後，依舊出門往福皮寮去探聽，找平時廝混的挑夫喝茶。

阿雄將兩喜的扁擔放上犁阿卡，心想有了這台車，再也不用受限竹簍的大小，只能挑著老明玉的線香，以後可以直接一台車出去，不用來來回回扛著多走幾次了，從啟天宮到青草

街再去本願寺，補線香一趟即可。阿雄繼續往前推著犁阿卡，準備將扁擔還給兩喜。

露店前的攤商見到阿雄的犁阿卡，紛紛圍了上來打聽關心。阿雄面對著各種問題感到尷尬，忙說這台車是幫人拉的。「這是頭家的啦！」「還沒有錢牽犁阿卡！」隨即躲到兩喜的攤位，換回了自己的扁擔。大目仔和兩喜正在討論近日的管制措施。

「聽說新來的經濟警察現在好像去盯大稻埕了。」

「保安宮那邊也被查緝了，福大同當家的不在，現在出事沒有人幫說話了。」

「唉，糖沒處買，現在油也開始管制，再這樣下去，我們攤也不用擺了。」

閒扯瞎聊時，有人喊：「天生仔來啊！」報馬仔似地開心到處講：「天生仔米苔目來啊！」

攤商們紛紛放下手邊工作，往聲音的方向走過去，只看見天生仔手部和臉上都有瘀青，但還是喊著米苔目。眾人前去把他的扁擔包圍起來，看了一會兒後，紛紛點起米苔目，邊打探著現在的狀況。

「感謝大家，我無代誌啊。」天生裝著一碗一碗的米苔目，交給來捧場的攤商鄰舍。「只是上次罰了錢，這次真的湊不出來，被關在派出所裡給打了一頓，剛被打完沒事，回家發熱起來。在家躺了一天，厝內查某哭著去找青草仙幫忙。喝了藥草水，日子還是要過。」說到這裡，他將扁擔放下。「還是煮了些米苔目來……」

龍山寺前的攤商紛紛將錢塞到天生仔手上，看他動作不便，乾脆幫忙賣起米苔目。不一會兒，天生的攤子就被一掃而空，倒是眾人沒有要離開的意思。天生仔坐在旁邊攤位上，等著青草店的半仙幫他敷藥。「真夭壽，這世道賣冰的無糖好進，自己來買貴了，還要被這樣欺負。」

「說小聲一點，等等被經濟警察來抓。」

「說的事實，怕啥潲（怕什麼）。」

「他能抓一人，能抓眾人嗎？」

「觀音佛祖前也敢抓人嗎？」

「好了啦，說這些有啥意義？」大目仔打斷眾人的八卦，直接問了。「天生仔，你接下來怎麼打算？糖管制是越來越嚴，這樣下去做什麼都不成，還是一起來露店這裡擺攤？」

「不管擺什麼，總是先要有糖。」天生面對大家的憤怒，倒是笑了起來。「我看大家要一起

想辦法，看怎麼買糖。」

「酒是不敢想的，但醬油管制也無道理。」

「日本人可以買，有牌和專賣的可以申請。」天生說，「但我們申請要付現金，一次要買一整批，等到自己賺到錢卻又缺貨，又不能單買。」

阿雄喝了米苔目，發現時間已經晚了，只好趁著眾人注意力都在天生，沒有人在問他的犁阿卡時，前往愛愛寮找美代。

到愛愛寮時，美代正在愛愛寮門口。阿雄打過招呼，便跟美代問起今天要去哪裡，美代只顧著跟阿雄說今天要去榮町載運捐贈的被褥。

阿雄到了榮町以後，心裡暗暗叫了聲不好，捐贈而來的被褥只有幾張，更多的是黃豆和米糧。整台犁阿卡沒載多少貨，卻因為前後重量不均衡，阿雄拉運時不斷發出吱吱嘎嘎的聲響。他心裡知道，美代交給他的錢他沒有用來修車，照說車底要用六分板，現在底板只有薄薄的竹片，整台車晃呀晃的，腳步也十分勉強。

走過新起街時，阿雄在路口一個緊張，犁阿卡發出竹片斷開的聲音，阿雄回頭發現美代

消失在眼前。「美代是不是發現了？」阿雄連忙停下來轉頭找尋美代的蹤影。

回頭看見一個老婦人正坐在地上哭，幾個警察一臉凶神惡煞。看著老婦人僅有的幾件衣服丟在地上，旁邊散落著幾個瓶罐，一旁的店家皺眉著，卻也做聲不理。

阿雄心想：「這是怎麼回事？」邊看著一旁的人七嘴八舌。

「這人細姨，整房的人都過世了，老查某無處可去。」

「前幾天坐在門口，但這房子早已經被賣了。」

警察正在旁邊喊著，「去艋舺啦，這裡不歡迎妳，要去就去那裡。」

阿雄一股火燒，卻看著美代走上前去，站在警察和老婦人中間。

「警察大人，你要帶這人走嗎？」

「妳是哪裡來的，要管這件事情？」

「我是愛愛院的護士美代。」語畢，她指著那還在哭的女子。「你要帶去警局，還是我帶她回去愛愛院？」美代在警察面前毫無懼色，站得直挺挺的。

警察聽到愛愛院這三個字後愣了一下，對美代客氣起來，「那麻煩護士了。」隨即將老人

問題丟給了美代。

美代先蹲在老人旁問清楚狀況後，扶著老婦人上了犁阿卡，對著阿雄說：「雄桑歹勢，麻煩你拉慢一點。」

犁阿卡上多了人，老婦人的衣物家當收進了竹簍。如此一來，木板更加嘎吱作響，輪胎也微微下沉。阿雄拉車時一方面擔心木板破裂，一方面也驚訝於最熱鬧的大樓旁居然也有人當街被遺棄。原本看著警察的憤怒轉為嘆息，阿雄於是和美代一起將犁阿卡、老人拉回愛愛寮。

愛愛寮裡，施乾先生全身正裝，正在幫另一名乞丐抓頭蝨。看到美代和阿雄進門口，接了老人下來，並且開始找起衣服。

愛愛寮的一樓左右各是男女的通鋪，唯有精神上有問題的、痲瘋的、吸毒過多的才會放到二樓。一樓往二樓的樓梯旁晒著幾片榻榻米，後院則是照顧會自傷與傷人者，像上次那嗎啡成癮的，便會用鐵籠子關起來。

施乾領著老太太去吃飯食，阿雄剛把車上的東西放下後，美代看著阿雄。「雄桑，謝謝你。」「不會，這小事情，能幫上忙比較重要。」阿雄有點擔心，怕木板的事情被看穿。

美代卻對著施乾說，「多桑，謝謝雄桑今天細心，知道車上有人，拉得特別好。」

「是啊，還好有雄桑，謝謝你。」

阿雄聽到雄桑兩字後緊張了起來，頭上冒出了汗。正要回話時，門口有人跑來報信。「施先生，呂醫師請你過去。」

施乾站起來。「怎麼了？」

「在福皮寮，呂醫師說又有人被丟在醫院門口了。」

施乾轉過頭來，對著阿雄說：「可以麻煩雄桑跟我去載人嗎？」

阿雄想到今天已經發出聲音的犁阿卡，便說：「好，那裡的榻榻米可以給我嗎？載人比較方便舒服。」

阿雄忙著將榻榻米鋪在犁阿卡上。施乾一家越是對自己禮遇，犁阿卡發出的聲音就越讓他感到難堪。原本還想著愛愛寮的工作簡單又受人尊敬，卻在第一天便去載乞丐，這落差讓他反應不過來。

兩人走到福皮寮東側，阿雄左看右看，沒看到任何被遺棄的人。

「肯定是呂醫師還在診治，你先去休息一下，等等再來找我。」施先生敲了敲門，走了進去。

阿雄拉犁阿卡車放在茶室門口，走進茶室點茶。由於戰爭管制，眾人的收入更低了。大家正悶悶不樂，看著阿雄前來，都站了起來。

「阿雄怎麼還牽了新的犁阿卡？」

「是做賊了還是找到新頭家了？」

阿雄點了茶水，開始對大家說起愛愛寮的事情，眾人卻開始沉默起來。一會兒以後，才開始搭話。「這幾年景氣歹，又開始抓乞丐啊……」

「阿雄，做這個的話，你要自己照顧自己……」

「你要記得去過一下火，小心自己染病啊。」

「阿雄啊，你要注意自己身體，回來要洗澡更衣。」

「那裡死掉的人也不好，都收一些瘋子……」

阿雄感到難堪，茶室內的人們知道他在做的是好事，但是既擔心他太過投入，卻也不知道能說什麼。管制下的挑夫們收入越來越低是事實，言論管制也越來越嚴，愛愛寮的存在多

少反應了生存上的問題，只是生活難過以外，還有著看不到未來的境況。

阿雄正在想著是不是大家一起來幫忙注意一下街上的乞丐，突然宋里長跑過來，一把拉住了阿雄。「阿雄，你叔叔出事了，剛剛在新起街被警察抓住！」

私買糖的事情終究還是爆發了。祿叔在京町的時候被警察盤查跟蹤，一路走到家中。里長說祿叔原本堅持是自己家的糖，但警察跟蹤了一陣子，抓到人先打了一頓。「現在快點過去，看能不能繳罰款直接帶回來。」

阿雄聽到後，跟著宋協興往新起街市集跑去，心急如焚地喊著：「祿叔年紀大了，受不住啊。」茶室幾個挑夫見狀，也去向露店報馬仔告知狀況。

趕到新起街時，幾個警察正圍著跪坐在地上的阿祿，臉上青一塊紫一塊，死活不肯站起來。一個警察手上拿著一袋糖，另外兩個正要把他拉走。

「你是不是叫你姪子去幫忙買糖？」

「……」

「你偽造證件買米就算了，你又弄到糖去賣，你怎麼買到的？」

「……」

「你這不能直接罰錢了，看是要關二十天還是要好好承認，否則可以當間諜處置！」

阿祿頭抬起來，看著眼前這位警察，笑了出來：「糖是台灣人種甘蔗做出來的，怎麼我們就不能吃糖？」

「你這是違反管制！」警察在他面前吼著，拿起警棍往小腿打了下去。阿祿摀著腳，在地上縮成一團，說不出任何話，周遭看熱鬧的人越聚越多。阿雄趕到後，站在阿祿身前，讓兩個警察看了以後更加惱火，直接連阿雄一起打了起來。

新起街市場旁的人們圍上來鼓譟，人潮越聚越多，幾個攤商聞訊後也趕了過來。兩個警察發現自己被看熱鬧的群眾團團包圍，本來高漲的氣勢一時間煙消雲散。年輕的警察打算鼓起最後一口氣把人逮捕，正要叫囂起來，卻突然被扯住領子。「慢著，先別動手。」另一位年長的警察喝住他。

「怎麼打人了？」年輕的警察回頭一看，發現施乾從一台兩門的轎車下來，夕陽的光芒打在轎車的板金上，亮晃晃地照著警察的眼睛。圍觀的群眾看是施乾到來，全都讓開一條路。

不久又是一陣鼓譟聲，周圍不斷有人說起「呂先生」的名字，時間像是暫時靜止了一般，所有人都停下了動作，倒臥在地的阿祿與阿雄也不知道發生了什麼事。

施乾走到阿雄和警察中間，說道：「這是我們愛愛院的僱工，什麼事？」

警察早認出施乾，更何況呂醫師的弟弟呂阿墉在日本本地當法官，相傳是總督的女婿，連忙收起手中的警棍，對著施乾行禮，然後說：「區長，這人違法走私，我們只是奉命執法……」

「走私確實是違法，若真的走私，只能聽由兩位大人處置。但平時阿雄在我這裡幫手，平時我都請阿雄幫忙遞送用品，莫不是他叔叔精神狀況不好，隨便拿了？」

阿雄聽到這件事，作勢要哭，抽抽搭搭地說：「施先生，那時晚了，我放在家裡沒有收好，才讓阿叔亂拿了……」

「祿叔老了，這種事情難免是有的。只是今天被兩位大人一打，我們呂先生不知道有沒有

辦法醫治？」施乾回頭看了一眼。「呂醫師，請幫忙看一下，這傷的狀況，能處理嗎？」

呂阿昌在福皮寮內開業，當地日人台人均敬重他三分。弟弟呂阿墉，則是在日本內地擔任法官，日人相傳呂阿墉娶了台灣總督之女，一時成為與施乾一樣的美談，在艋舺無人不曉。

這時呂阿昌早已走近阿祿身邊，蹲下來問候阿祿。「呂先生出馬，妥當了。」大目仔和攤商鼓譟起來，周遭看熱鬧的人們眼看有靠山，開始將施家、呂家故事背景在旁又誇張地講了起來，此時借勢指著警察說：「看你們還能怎樣威風！」

兩個警察本來只是停下動作，但仍怒瞪著阿雄和阿祿，被大目仔這麼一說突然想起要怕，糊里糊塗的不知該怎麼收拾。眼看施乾和呂阿昌在旁不好動手，又想新起街市集本是眾多官人聚集之處，這時也聚攏過來，一旁甚至來了自稱記者的人遞名片。一堆看熱鬧的紛紛湊了上去，七嘴八舌幫腔說：「打人了」、「沒人權」、「這位是施先生啊」、「呂醫生主持公道」，場面就要控制不住。

「呂先生，施先生，我們派出所裡談吧。」現場突然來一位年紀較大的警察，施乾從這位警察胸口的徽章認出他是當地的警官。

此時記者們在派出所外等著，施乾和叔侄兩人坐著，誰也都沒有開口，呂阿昌還在檢查阿祿的傷勢。

派出所內一片靜默，只聽得到警官面無表情的聲音，施乾依然是平時溫雅的語氣，七拐八彎，但沒有一句惡言。只是雙方都清楚，一面是走私，另一面是警察當眾打人，這事可大可小。偏偏雙方證據都不夠充分，怎麼處理起來都是問題。

「這麼大一包糖出現在他身上……管制期誰可能買到這麼大一包？要麻煩施先生要交代這件事情。」

「大人莫非是懷疑愛愛院？」

「……我知道了，原來是愛愛院要用的糖，我們警察當然是不會有任何意見的。」

「大人辛苦了，我也趕緊把人帶走，不然現場的人一直圍觀，也怕會影響警察辦公。」施乾轉頭跟呂阿昌說了幾句話，才又跟警官說：「老人家還能走，真正是萬幸。」

從頭到尾，阿雄都愣在警局裡。這一切發生得太快，自己都有點搞不清楚到底發生什麼事，只知道自己原本想要推著犁阿卡去幫忙載人回愛愛寮，沒想到叔叔當街要被抓，又被救了下來。他幾次跟施乾對到眼神，施乾都將食指放在嘴唇上，要他別說話。

施乾跟警察簽了名以後，一夥人走出警局。呂阿昌叫了兩台人力車，將四人載往福皮寮敷藥包紮。

「……施先生。」

「人沒事就好，你叔叔在這裡等一下，怕是打到頭了，呂先生有交代讓他躺一下再走，等等載你阿叔回家。」施乾邊說話邊看著犁阿卡，「這台車還能用吧？」

「施先生，交給我吧。今天的事太謝謝你了，如果不是因為你……」

「別謝了，車子我們平常都用不到，你能好好利用就好。」

阿祿已經被敷上了藥，阿雄把阿祿扛起來。阿祿矮胖的身材此時因為無力，縮得像一團肉塊，阿雄經過一天的折騰，一時無力支持，阿祿便重重地壓在犁阿卡的竹片上。

回家的路上，整台犁阿卡因為壓著阿祿的體重而吱吱作響，幾次碾過地上的窟窿都差點翻車。阿雄隱約聽見竹片裂開的聲音，想起美代交給他的五塊錢。

終於回到家，阿雄在正廳前把阿祿扛下車，抬頭看見匾額上的「以德服人」。

隔天清晨，阿雄起了個大早，前去買回油漆，將愛愛寮的那台犁阿卡上所有木頭榻榻米

和竹板全部取下，細細地將犁阿卡重新上漆，才回到床上沉沉地睡去。

不知道睡了多久，接連兩聲巨響讓他從夢中驚醒，趕忙循聲走到大廳。

他看到阿祿用包著藥膏的手臂，踩在正廳的神桌上，死命地將匾額用力拆了下來，扛到犁阿卡上。

家裡的匾額剛好是犁阿卡底板的大小，阿雄看了前去幫忙調整位置，再鋪上榻榻米，過程中兩人都沒有說話。

往後的日子裡，人們在艋舺總會看到施乾先生背後跟著一台犁阿卡車，穿梭在巷弄之間，到處將乞丐和被遺棄的孤苦者載上去。

那台犁阿卡車側邊有一個小旗，上面寫著愛愛院。艋舺這些攤商和店鋪笑說，這叫作抓乞丐。

溺斃以前叫醒我

張嘉真

早崎告訴自己不可以再閉上眼睛，下一次就要輪到他。

關於山的說法，三郎只知道一種。最普通的「山」，沒有辦法從名稱分辨大小、海拔或性情。上岸時，三郎看到的不是他曾經看過的山，然而三郎只能說「山在冒煙」。

三郎踏出海，看見山在冒煙。

他還在想是炊煙或者篝火，原來台灣島內盛裝了連綿的山，山裡有人在生活。一聲悶響傳來，細雨落下的直線岔出晃動，煙的旁邊增生另一條煙，一批一批鳥從樹林中竄出。原來煙不是生者的氣息，是山脈洩漏的靈魂。

然而山與三郎腳下踩的地卻文風不動。

臨海的土壤十分鬆軟，三郎遙望著遠方的破口，在起伏的悶響中緩緩施力踩進土中，直到腳背也被潮濕溫熱的沙土覆蓋。

他深吸一口氣，告別微鹹的海風，想像自己即將走入山裡煙裡，即使天搖地動也不為所動的將來。

煙硝味散去以後，早崎才發現自己又失敗了。抬頭他只能看見從樹葉縫隙中飄散的煙塵，他迅速眨了眨眼睛，假裝神色自若地接過前輩手中的火把。

石頭已經被砸出幾個淺淺的坑洞，裡頭塞好炸藥，等待一連串的導火線分別點燃就能爆破好幾人合力也推不動的巨石，在崎嶇的地形上開闢一小塊平坦，平坦相連的盡頭是道路，道路會通往尚未成型的駐在所。

早崎身後站了一群巡查前輩，爆破與爆破之間是眾人短暫的休息。被編入山越道路開鑿隊的成員通常都是具有專業技能的巡查官，石工、鐵匠、測量員早已習慣爆破的場面，甚至當作苦悶工作中的一種樂趣。

在被指派協助開鑿以前，早崎唯一點燃過的引線是炮竹。

他在善意的吆喝聲中走向巨石。

笑談中有人向他喊了一句：「如果害怕的話，先點一、兩根導火線就好吧。」

「是。」

早崎應答，握著火把的手越發用力。

他在心中默數到三，三就要一鼓作氣地點火。一的時候眼前的雨絲忽然卡住了，像是不夠靈活的提線木偶在點頭，他彷彿可以看見自己伸手穿過雨和雨的接點，點燃離自己最遠的引線，那竟然只是一。於是他在漫長的二與三之間信手燒過所有導火線，火花打架、追逐著引線的聲音趕不上他率先移開的火把。十幾條導火線被點燃以後，一滴雨落在他的手背，早崎打了一個哆嗦，看見火苗迅速在他胸前的高度匯集成一條火紅的龍。

在火苗相碰之際，早崎快速撤向眾人聚集的遮蔽處。

退到半途巨石就瓦解了。

鳥群與岩石碎片在早崎眼前噴發，悶熱潮濕的空氣被更熱的煙塵取代，早崎手臂上的汗毛根根豎起，上頭的汗珠在一瞬間被熱風蒸發，煙硝味擠出一路上縈繞在鼻腔中的甜膩花果香。他來不及閉上眼睛，砂土便刮過眼球的表面。

從有到無，山袓露出一個角落。

那樣的距離像是早崎隻手喚醒了山林。

※

三郎的一天從擦亮門牌開始。

門牌是由石板刻成的，所以需要常常擦拭，據說是老爺特別選定的材質，想表現詹家的精神。用食指將凝結在刻痕中的露水擦乾時，能夠寫一次詹。三郎忍不住多擦了幾遍，那是他見過筆畫最多的漢字。

從門前走回屋內會經過一小段石子路，三郎要將報紙一併拿進來，送上早飯以後老爺會在餐桌上一邊讀報。

三郎看著早晨還捧在自己手中的報紙被捏出微微的皺摺，暗自抿住了下唇，他想沾點水撫平報紙的摺痕，然後將指腹沾染上的墨跡含進口中。

把字吃下不知道會不會學得快一些？

「三郎餓了吧？」詹太太注意到三郎的小動作，對他笑了笑，或許是因為三郎的個頭與年紀都不大，初來乍到，太太總是對他十分和藹。三郎除了傻笑與鞠躬還不知道該如何反應。

詹德暉的動作適時解救了三郎。少爺站起身告別餐桌，朝他招了招手。三郎連忙跟上少爺的腳步，穿過長廊時陽光斜斜灑在少爺的影子與他之間，照得他歪扭的步伐無所遁形，幸好少爺不會回頭。三郎還在適應穿鞋走路的感覺。

詹德暉不用去學校的時候，喜歡教年輕的琉球雜工認字。

三郎是他央求父親留下來的男孩，他黝黑的皮膚看起來像番仔，然而開口吐出的卻是一連串近似日本語的方言。詹德暉遇見三郎的那天，費了好一番功夫才聽出三郎想要投靠住在港口附近的親戚，卻從海邊迷失到小鎮。原來他是在問路，琉球仔說他明天要出發去台北找工作。

下過雨的傍晚開始滲出些許涼意，三郎被細雨一點一點浸濕的頭髮貼在額前，整個人像掉進河裡的高砂犬，豎著耳朵假裝不想甩開鼻尖上的雨水。

詹德暉仔細打量三郎，想確保眼前的人不是一個拙劣的小偷。視線從頭落到腳時，他幾乎可以肯定三郎只是一隻落水狗。

「你的鞋掉了嗎？」

讓他決定留下三郎的原因是他的反應。

三郎聽不太明白，但他緊盯著詹德暉的目光一路移動到兩人的腳邊，他先是看見白淨的腳趾踩在木屐上，然後低頭撞見自己五隻粗壯的腳趾，趾縫與趾甲銜滿砂土。三郎的趾頭微微往內捲起，似是想要併攏，然而腳趾只是刨起了一些泥土，寬大的趾縫宣示他一直以來赤腳走路的施力方式。

於是他假裝聽不懂。詹德暉沒有點破，反而招了招手，要男孩跟著他走。

他們一前一後穿過長廊，從穿鞋開始，接著認字，然後是三郎看見自轉車驚訝豔羨的目光，詹德暉第一次感覺自己任重道遠。

大宅安靜下來以後，三郎會泡一杯濃茶給少爺。

他逐漸找到自己在詹家的位置，跑腿、打雜，學習成為一個得體的人。最初對自己沒有按照計畫前往台北的疑慮與每晚沖泡的濃茶逐漸沉澱，隨著少爺喉結的滑動一起被嚥入。看著少爺房裡每晚透出的燈光，三郎便覺得這是一個值得信賴的地方，開西醫診所的老爺，育

有勤奮苦讀瞄準醫專考試的少爺，克紹箕裘，開創然後延續鎮上數一數二富裕的家庭。

然而少爺總是還在努力。

三郎跨進少爺房間在桌邊放下杯子。整座詹宅只剩他們醒著，少爺不會要他離開也沒有叫他留下，三郎退到桌燈能夠照出光線的邊界，在那裡靜靜看少爺讀書。

他一直站到雙腳發麻，被自己不小心打盹垂下的頭嚇醒。三郎眨了眨眼，看見少爺剛放下筆伸手去拿茶杯，他輕呼了一口氣，準備躡手躡腳地退出少爺的房間，地板突然浮現茶杯被拉長的影子。三郎抬起頭，發現少爺轉過來看著自己。

「你喝過你泡的茶嗎？」

三郎搖頭，藉機晃走睡意，「沒有。」

「喝吧。」少爺將茶杯往前遞。

三郎接過，抿了一小口。苦澀從舌尖快速竄向整個口腔，他瞪大眼睛咕咚一聲就把茶吞了下去，舌根還能感覺到從喉頭漾起的苦味。

「謝謝少爺。」他不由自主將茶杯遞了回去，「謝謝少爺。」

少爺笑了，拿回茶杯平靜地喝下一口，「不好喝吧？」

「對不起。」三郎愧疚地垂下頭，原來自己的手藝如此糟糕，少爺應該早一點讓他知道，「我去重泡，明天我也會立刻去跟林嫂學習怎麼泡一杯好喝的茶給少爺的。」

少爺沒有接話，自顧自問起，「你還想睡嗎？」

三郎立刻搖頭。

「那它就是一杯好茶。」

他後知後覺地發現少爺喝了他喝過的茶。

睡意讓三郎掌握不住分寸。

他聽見自己問出心底的疑惑，「少爺為什麼要這麼拚命呢？每天都準備考試到好晚，才要喝茶。少爺已經十分優秀了，老爺和早崎先生總說少爺一定能夠考上醫專。」

少爺張了張嘴，卻沒有發出聲音，他用杯子掩飾啞口無言，喝了一口茶，便轉回書桌。

房間恢復安靜，徒留三郎咀嚼他的踰矩，然而身體的疲憊很快就讓三郎忘記尷尬，濃茶的效用完全不敵深夜，他的眼皮又開始打架。

睡眼矇矓中，三郎看見少爺的袖子透出了紅色的斑點。

是少爺手上沾到鋼筆的墨水嗎？他忍不住眨了眨眼，定睛看向少爺。

他發現少爺放下筆時會將手繞到左肩背後，像是環抱自己一般垂著手撫摸，隨後又像被燙到似地收回右手抓住筆。隨著少爺每一次抬手、翻書，再抬手，星星點點逐漸靠攏收聚成一團暗紅色的汙漬。

他打算湊近看，卻聽見少爺突然說話。

「得過且過會比較輕鬆，但好像也承認了我們只配得到日本人撿剩的東西。我不想給任何人抓到把柄的機會，尤其是日本人。你聽得懂嗎，三郎。」

三郎嚇了一跳，心臟用力撞擊著胸口。沒有等他反應過來，少爺便截斷了他的後話，「我就是因為你不會懂才告訴你的。」

三郎垂下眼，忽然覺得自己鎮不住胸前異樣的震動，便溜出房間。

他踢掉木屐快步跑向儲放換洗衣物的木桶，三兩下就翻到少爺的上衣，對著月光看，左邊的袖子背後果然也印著一圈血跡。

他聽不懂，但他能夠看見少爺過頭的努力。三郎的心跳又快了起來。

男人斷續的呻吟一直沒有停。

詹德暉站在門邊觀望許久，終於妥協朝巡查走去。他還是摸不著頭緒為什麼父親差遣他做下人的事，替染上傷寒的巡查送飯。

巡查的臉燒得通紅，輾轉反側卻醒不過來。

詹德暉盯著他一開一合的嘴巴發愣。明明離得很遠，他卻能感受到熱氣吐在自己臉上。

回過神來他才發現自己沒有帶毛巾出門，詹德暉四處張望，走向巡查疊著換洗衣物的角落。他挑了一件短褲。

詹德暉將短褲打溼，要解開巡查衣服時伏在他耳邊低聲說了失禮，男人仍是沒有意識張著嘴喘息。

儘管知道傷寒只會透過排泄物傳染，真的碰到巡查身體時，詹德暉還是有些緊張。他先將手放上巡查胸前，才把更涼一些的濕布貼到巡查身上。濕布擦過之處會微微抽搐，冷熱交替讓巡查本能地抗拒，詹德暉只好按住他的手腕。

他特意避開巡查身上零星的玫瑰色斑疹，卻想起傷寒斑疹的特色是壓下不會褪色，一時有些好奇，於是伸出食指放上男人胸前隆起的小圓疹。

詹德暉忽然感覺撐著地的手腕被反手扣住，接著手掌從地上被抽起，他失去重心栽倒，上半身壓在巡查胸前，頭則敲在一旁的木地板上。

他側過頭，對上巡查睜開的眼與闔上的嘴，忍不住對他罵了一聲髒話。

「毛巾？」巡查一手壓制不讓他起身，一手撥弄掉在被褥上的濕褲子。

一只濕透的菸盒從口袋掉出來。

「真會照顧人。」巡查笑了，鬆手讓他坐起來，「你是詹的兒子？」

「我是詹德暉。」

巡查摸了摸胸前，沒有摸到衣服，朝詹德暉勾起手指，「早崎昭。火柴。」

「我沒有。」

巡查又笑了，「為什麼來？」

「父親說有巡查感染傷寒，自己一個人在隔離的小屋休養，要我來看看。我們家負責管這裡的鑰匙。」詹德暉想了想，補充，「我也想練習以後怎麼面對病患，覺得是一個很好的機會，才沒有叫下人來。」

巡查不知道什麼時候坐了起來，靠在牆上，勉強挑出半乾的菸捲，銜在嘴邊。

「你在發燒。」

「頭痛的時候抽菸最有效了。」

詹德暉看著自己放在門口的米湯與蘋果汁，覺得巡查或許不需要人照顧，「那我先告辭了。」

「小醫師，抽菸嗎？」巡查出聲喚他，變戲法似地朝他張開手掌，裡面躺著一根完好如初的菸。

他忽然想起他虎口的繭扣住自己手腕時粗糙的觸感。

詹德暉深深吐出一口氣。他總是想到繭的觸感就射了。

正廳談話的聲音漸歇，隱約傳來早崎與父親客套的笑聲，詹德暉睜開眼睛，驅散腦海中

的病容。他每次都會叮嚀三郎，早崎先生來訪時不要叫他，深怕他誤入。三郎問過他，在房間裡能不能聽清楚正廳的談話。詹德暉沒有說他把一字一句都聽得十分仔細，但他在乎的不是內容，是早崎的聲音。

早崎傷寒痊癒後開始與詹家交好，父親甚至為此破格誇讚他有機會成為一名好醫師。早崎也不吝表現對詹德暉的關愛，談完正事過後他總會帶上詹德暉四處逛逛，因為詹德暉與中學校的日本同學處不好，早崎覺得狐假虎威也許能解決一些問題。只有在早崎口中，詹德暉才不介意日本人說破狐狸與老虎的差別。

他卻無法停止意淫對他這麼好的人。

深夜，詹德暉與父親一前一後出門。他保持可以掌握父親背影的距離，跟著父親的路線一起穿過小鎮。

他見父親在前面拐了個彎，身影消失在小巷弄裡，正要加快腳步跟上時忽然瞥到巡查的制服。他下意識閃身躲進一旁的刺竹堆中。槍托與腰帶碰撞的聲音慢慢靠近，在他的藏身處附近停了下來，詹德暉抿住下唇放緩呼吸，片刻腳步聲又響起逐漸遠離。

詹德暉鑽出竹林，拍掉沾在衣服上的葉片，想起剛才只能從枝葉隙縫中窺見巡查的皮鞋與褲腳。他的褲腳摺起兩摺，像是早崎習慣的那樣。

撥開菅芒就能看見那間破敗的民房。

詹德暉循著燭火的光影找到供奉神像的房間，父親站在廳外，沒有一同進去。父親沒有問他為什麼耽擱了，他掀了掀唇，也沒有機會問出父親來時是否有撞見早崎先生。

廳內有四人，一名婦人摟著不斷啜泣的女兒，拚命與乩童說上個禮拜去了海邊回來以後就成了這副模樣，四處收驚也不見效，剩餘一人則準備好毛筆與一大把線香站在一旁靜候。

「我們不方便進去，只能站在這裡，所以要看仔細。」詹德暉聽見父親低聲說，「王爺問話的時候要注意聽小孩有沒有回答，有聽到聲音很重要。」

「你有沒有看到她胸口腋下都濕一片？」父親問，「要開始了，你認真看小孩子，不要被王爺擋到了。」

詹德暉點頭，不自覺握緊拳頭。

乩童將孩子的姓名、生辰八字與住址報給神明以後，拿起三支線香在小孩面前上下擺動，口中喃喃唸起一長串咒文，香灰隨著乩童的動作四處飛散，掉在嚇到停止哭泣的小孩身上。

唸咒完畢，乩童以香在清茶杯口淩空寫字，但他的手卻像是不斷受到阻撓一般往自己身

上偏去。助手見狀拿起整把線香遞給乩童，他搖晃了幾步，便將香頭往自己胸口插去。整個房間迴盪著火苗在肉體上熄滅的聲音。

詹德暉恍惚中聞到一股水果腐爛的味道。

乩童動作沒有停，還在用肉身抵抗未完全熄盡的餘香。

父親抓緊乩童退開的時機觀察孩子，「剛進來的時候小孩還在喊熱，現在她又靠在媽媽身上，應該是開始發冷了。她還會跟媽媽講話，扁桃腺沒有發炎得太嚴重，只是比較嚴重的傷風，用桂枝湯就會好轉。」

乩童要伸手抓筆之際，父親已經準備緩步離開，「過幾日她母親應該會來藥鋪取藥，開始之前乩童有跟我說今天病人會抽走哪一支藥籤，到時候看藥籤給藥。」

廳內燒焦與腐敗的氣息越發濃烈，沒有人注意到他們悄聲離開。

詹德暉在回程的路上不停想著應該如何開口，這不是他第一次見識扶乩問病，但巡查的褲腳戳穿他的自欺欺人，他就連走在路上都害怕被取締。

「你今天怎麼回事？」父親率先問了。

「乩童跟那個太太收了十塊。」詹德暉胡亂找了藉口，確實也是理由之一，十塊錢幾乎是尋常工人一個月的薪水，「要是直接來找父親問診才不用花那麼多錢。」

「有些人寧願四處收驚也不相信西醫開的藥丸，與其讓他們去抽沒有效用的藥籤，不如我們幫忙看診。」

「但是父親沒有漢醫執照，我以後也不會有。」詹德暉忍不住說了父親不會想聽的話，「我們可以多加宣導西醫的重要，做醫師還要躲躲藏藏太沒有道理了。」

「寄人籬下就是這樣，永遠矮人一截。」

詹德暉不願意放任父親微駝的背自願滯留在上一個時代。他不是不能諒解唐山過台灣的苦根植在父親心中，父親曾經按著脈就能摸透病人全身的氣結，然而總是在陽光下飄著藥草香氣的庭院，因為四十年來僅開放過一次的漢醫檢定考試失去了存在的資格，父親不得不轉換跑道，從頭學習西醫。儘管父親開業西醫診所多年，卻從來沒有放棄販售漢藥，詹德暉隱約知道能夠建立起詹家大宅靠的並不是聽診器而是配藥秤。在父親眼中，他始終是不懂得篳路藍縷的小少爺，因為父親已經預備好一切了。

他想用自己證明時代。

「阿爸，我會像你一樣做一個很厲害的醫師，不管是抓藥的人還是內地人都搶著來看。早崎先生病好不就很感激阿爸嗎？」

「小孩子……」父親習慣性皺起眉頭要打發他，卻像是突然想起什麼，停頓片刻，接著把話說完，「警察大人就是大人，不要看他對你親近一點，就以為能跟他平起平坐。早崎是一直

把你當小孩子看，你也該長大了，中學校都畢業了。」

「早崎先生……」

「你來的路上也有遇到早崎吧？說情說不通的事情，他就硬來，他是在警告我，他一直都知道我們在哪裡扶乩。」

詹德暉來不及處理聽見早崎的慌亂，只能順著父親的話往下問。

「為什麼要說情？」

他以為早崎渾然不知道詹家私下的生意，所以才會笑瞇瞇地把手槍借給他玩，給他菸抽，誇讚他很會唸書。

「我以為他要的是錢啊。」

詹德暉盯著父親持續開闔的嘴，卻聽不進任何聲音。

他的視線飄向天邊將要透出的紅光，感覺幼稚的愛意燒毀在其中。

偶爾少爺與老爺會在深夜出門，不知去向，直到隔日才回來。

即使如此，三郎仍然照常讀著全家人閱畢的報紙，背下最喜歡的文章。只要閒下來他便會想到少爺衣袖上的血跡，督促他去追逐少爺不斷前進的背影。追不上他就騎自轉車。

第一次上路，三郎搞不清楚馬路上車輛的來向，迎面撞上了另一台自轉車，少爺看到把

手被撞歪以後露出似笑非笑的表情讓三郎印象十分深刻，三郎從此下定決心要學好自轉車。

三郎會在詹家和他上岸的海邊來回騎著自轉車，他時常記掛那座山是否安好。

那天天還沒亮，三郎漫無目的，他在通往山的小路間繞了好一陣子，最後好奇地循著遠處的叫嚷聲前進。到山腳前他停了下來。

他看見少爺站在那裡。

「我要你送飯給早崎，不是讓你去跟他做朋友，巡查都一樣，換人來管就要打點好關係。」

「可是他不收你的紅包。」

「什麼你的我的？巡查不收紅包你還以為自己很清高啊？到時候被官府抄去哪來的錢養一整個家。」

晨曦從海的方向透進來，光淺淺落在少爺的腳邊。他習慣性地看著少爺的鞋子，注意到鞋緣沾滿泥土。

「吃米不知道米價。」

靠山的那側忽然閃現人影，三郎連忙將探出的頭縮回一些。他屏著氣偷瞄到老爺憤然離開的背影。

少爺的腳動了動，似乎想追，但沒有邁開步伐。

他慢慢蹲下來，垂著頭，然後踮起腳跟，又伸手抓住自己的鞋底，他打直的手肘用力到

微微顫抖，將全身拱起不讓自己坐到地上。陽光慢慢灑上他的髮梢。

抽泣混在山林與小鎮邊緣甦醒的聲音之中。

三郎一直盯著從自己腳跟到影子頭頂的長度，一遍一遍數著，他與少爺之間隔了那麼多個自己。他跨不過去。

後來他便常騎車繞到山腳下。樹叢中隱約可見一間小屋，他看了坡度覺得自己應該騎不上去。他總是停在那裡，再也沒有在路旁撞見過少爺。

小鎮沒有收治傳染病的醫院，因此會將得到嚴重傳染病的病人送到郊外的小屋隔離。巡查與醫師各有一把鑰匙。

「好想要變成你。」

小屋內空無一物，為求衛生，病人得自行攜帶棉被鋪墊。於是他們此刻交疊在充滿砂土的木板上，他必須將整個身體貼在他身上，才能感覺到背部被碎石磨痛的意義。

他不想聽見略帶哭腔的渴望，遂伸手壓住他的嘴。他喜歡聽見伴隨每一次抽插而出的嗚咽，無論他試圖說些什麼他都不用理解，沒有意義的呻吟才是他需要聽見的聲音。一股溫熱

的觸感滑過他的中指，然後一口咬下他的指節，他悶哼出聲的同時也找到更深挺入的力道。他不會停下，建造的關鍵是不能停下。如果野獸不會咬人，就與人類沒有差別了。

接近窒息的感覺讓他得以想像自己緩慢地飄出身體，越升越高，看到一邊是海一邊是回家的方向，看到用服從秩序的恥辱蓋出的三合院，看到以為學會自轉車就能成為台灣人的小黑狗，看到自己小心翼翼撥開菅芒盡頭的儀式，看到緊貼著他的肉體取締他協助求神問卜的療法，發現他並不是文明純潔的小少爺。

射精以後，兩條垂軟的陰莖相依，汗水在彼此身上交融，他們會小心翼翼貼近對方的臉頰，柔軟濡濕的觸感恍若將嬰孩捧出羊水一般，在文明與荒野的邊界完成新生。

「你點過炸藥嗎？」

詹德暉搖頭，沒有接過早崎要拉起他的手，自己從地上翻坐起來。

「喂，衣服。」

「生番沒有在穿衣服的。」

看著早崎赤裸離開的背影，詹德暉停下翻找自己襯衣的動作，拿起巡查的制服披在自己身上走出小屋。

他跟隨早崎來到一處雜草叢生的荒地，看早崎四處翻找搜刮出炸藥。

早崎回頭看到詹德暉的打扮笑了出來，「你好聰明，否則就沒有火柴了。」

「哪來的炸藥？」

「前幾年支援建設番地駐在所整地剩下來的。我很喜歡，藏了一些留著玩，這是最後一批了。」

詹德暉聳了聳肩表示願聞其詳。

「你試了就會知道。我先點一串給你看。」

早崎從詹德暉胸前的口袋掏出火柴盒，環顧四周一圈挑選適合的角落。

「那你以後玩什麼？」

早崎點燃引信隨意一拋，雜草與矮木的中央瞬間破了一個大洞，樹幹被攔腰折斷，草堆中憑空爬出許多扭動的生物，然而還沒有等他們看清楚，火舌已經將牠們吞噬。

炸開的枯枝殘葉鋪天蓋地而來，砸了他們滿臉，詹德暉的視線卻無法從燃燒的烈火上移開。他的心中湧現一股開天闢地的悸動。

他接過早崎遞來的火柴盒，直到雙眼發澀才眷戀地眨了眨眼，擠出噴進眼睛的小蟲屍體與淚水。

「我不玩了，給你餞行。」早崎說，「我剛來台灣的工作是四處炸山，把山變成我的形狀，這裡就不陌生了。」

「我不能也把台北炸得亂七八糟吧，我只是要去讀書。」詹德暉忍受不了早崎訣別的口

吻，卻也承諾不了自己會回來。

他以為他們之間不需要。他已經遠離想像日本巡查待在自己身邊就會臉紅心跳的日子，記憶層層疊疊無法單獨挑出好的部分品味，他寧願都不想起來。

「那時候我有點怕了。」早崎摸出菸叼在嘴邊，朝他的方向低下頭，菸頭往上輕輕挑起，「傷寒、瘧疾、霍亂……在我賺到錢回家討老婆以前，會不會先死在這裡？沒想到睜開眼睛會看到你，小醫師。」

詹德暉看他說起過去，心一軟走上前，劃開手中的火柴。

「你知道我書讀得不多才會來台灣當巡查吧。」早崎咬著菸吐出含糊的字句，「現在你真的要去當醫師了，我們本來就不是一路人，我沒有要討什麼。我就是謝謝你。」

他的手一抖，火柴就掉到地上。

他低下頭假裝去撿，久久不敢抬起。

蟄伏在草灰中的餘燼悶燒著，在他們離開以後，緩慢順著繡球花叢蔓延，舔過灌木，爬上樟樹，最後沿著紅檜粗壯的枝幹一路爬到樹梢，終成戰火燒破天空，落為彈雨。

再次回到他們面前。

火從遠方的屋脊燒過來，木製的梁柱鬆脆易食，貪婪的火舌不停將之捲入，咬得嘎吱作響。濃煙將台北城籠罩成一個密室，天空看起來負荷不住黑雲，朝地面迫近。哭嚎已經被大火燒乾，空襲警報解除以後一片死寂，只有磚瓦掉落的聲音。耳鳴的頻率從四面八方蒐集拼貼前幾個小時轟炸機的引擎聲響。防空壕溝以外的空氣因為燃燒的高溫而扭曲，四周的建物也隨之模糊晃動，彷彿將醒的夢。他看著他每日忙進忙出的夢被轟炸到裸露出鋼筋水泥，台北病院破了一個大洞，火海與廢墟之間裸露出來的柏油遍布斷肢。

詹德暉看見自己流出時代的眼眶。

❦

爆炸的瞬間，巨大的轟鳴使三郎漂了起來。

五月的海水很涼，腳底板還留有在甲板上走動的灼熱，細細小小的碎片刮過厚厚的皮，沒有痛覺但也不是沒有感覺。三郎睜開眼睛，看見自己吐出的氣泡，與穿透海水的光束。於是他加大吐氣的力道，想沉得更快更深。

直到腳觸到底，三郎才感到安心。海水太清澈，即使人沉到底部，岸上的手電筒一打開

還是輕易就能看見水中的人影，但他想要說服自己，已經足夠努力。觸底以後只要不停向前游，就能摸到岸。上岸以後，好夢就要開始了。

身邊忽然傳來一陣劇烈的晃動，三郎想回頭看卻轉不過身，他奮力掙脫掉攀附在他肩上的力量。海水開始發熱，氣泡從他鼻腔以外的地方冒出，整片水像是要沸騰一般的滾燙。

他再一次睜開眼睛，卻發現眼前一片灰暗。

空襲警報稍停，四周沒有海，眼前一團火焰熊熊燃燒。

「喂。」忽然有人抓住他的手腕，將他用力往後扯，「手不要了啊。」

三郎眨了眨眼，發現自己差點將手伸進炭火堆中，烤架上的雞肉串滴下一滴油，發出細小的爆裂聲響。

「三郎哥醉了嗎？」很快有人接過他的手掌，連帶將整個胸脯貼上他的手臂，「要不要陪三郎哥休息？」

他拿起桌上涼透的煎茶一口喝掉，茶香驅散鼻腔中海水的苦澀與砲火的煙硝，他才慢慢回過神來，自己已經回到久部良。戰爭結束了，取而代之的是無盡潛入海中等待上岸時機的走私，一天的走私也結束了，他正與夥伴在料亭吃飯休憩。

離開台灣以後的事像一連串醒不來的夢。偷出美軍基地淘汰的士兵工作服、用毛毯裹起香菸抱在懷中假裝是嬰孩、匍匐爬過遍布白骨的沙灘上岸走私，冒死賺到的錢足夠他夜夜在

料亭玩樂到天明，否則窮到只能用美軍機油炸天婦羅吃，生活剩下全有或全無。

「好，我跟你們出海吧。」

三郎拍開不斷湊過來的手，轉向身邊還在喋喋不休的表姊夫。

表姊夫有一艘船，在招募到東沙島採集海人草的漁夫，那是一種治療蛔蟲的天然藥方，戰爭結束之際日本人滿肚子都是蛔蟲，能夠空手下潛到十尋深處採海藻的海人，又只有琉球才能找到。

戰後海裡都是黃金，從前三郎汲汲營營想認得的國字，如今完全派不上用場。無論是走私或採草，他只需要不斷憋氣下潛。

「那太好了。」表姊夫拍了拍三郎的肩，沒有追問他為什麼突然推翻整晚反覆的拒絕，「出海前的祈願辦在後天，記得過來。」

三郎點頭，喝光杯中最後一口清酒。他害怕有一天真的來不及收回沒在空襲中炸斷的手，他以為不去想就能夠遺忘的事，每晚都在酒精過後從頭搬演。

十來艘船隻組成採集海人草的船隊，浩蕩前往南方海域。

由八重山島出發到東沙島大約需要耗時十天，在甲板與船艙來回搖晃只吃油味噌配米飯的日子，讓三郎逐漸忘記醬菜、白粥、花生米的味道。

每天日出開始，海人們赤身潛入水深十五公尺處的礁岩之間拔取海人草。來回的時長對三郎而言並非難事，他很快便找回身體與海的韻律。

下潛的過程必須仰賴鼻腔不斷吐出氣泡好讓身體沉入水中，游回海面則無可避免地會在途中嗆入一些海水。每一次三郎攀住小船甲板側身流出來的鼻水總是比吞進去的海水少，等到離開的時候，他身體裡的血液應該已經被海水替換過一輪。他會成為全新的三郎。為了這個念頭，他得以忍受將晒到脫皮的身體反覆浸入海中。

夜裡他們睡在內海周邊。

島上除了中國士兵駐紮的碉堡，只有靠近內海之處的沙灘既平坦又能確保他們不被海浪捲走。

七月的晚風吹起來都是黏膩的，曝晒一整天的沙內部悶著微溫，隨著睡著時身體越往下陷越會感到被濕熱包覆。三郎常常在夜裡被自己的汗水嗆著，嗞下滿嘴鹹腥。

驚醒以後，沒有酒精助眠他就睡不回去了。

月色灑在內海反射出祥和的波光，月光與沙灘的白連成一片。

三郎坐起來，沒有人發現他的動靜，四周都是沉重的鼾聲。

他走進海裡往後仰躺。他看向自己手指尖端的海水，遍地雪白因為他的攪動而出現破

口，像少爺從滿地傳單中撿起一張以後露出的柏油路面。三郎緩緩閉上眼睛。

遠方傳來引擎轟隆作響的聲音，所有人都擠在一起仰頭看飛行表演，等待飛機灑下台灣博覽會的開幕傳單。

這是三郎第一次看到飛機。

少爺考上台北醫專那年，整個台北城都籠罩在歡欣鼓舞慶祝日本政府統治台灣四十週年的氣氛下。

眾人的肩膀與胸背隨著飛機的移動彼此碰撞，三郎一個踉蹌靠上前方的人，他可以將手收回自己身邊，但他選擇從背後抱住少爺。

從少爺收到錄取通知開始累積的無所適從必須在今天了結，否則就再也沒有機會。少爺已經替他買好回程往宜蘭的火車票。

他靠在少爺耳邊輕聲問，「我可以留下來嗎？」

周圍都是人，少爺沒有去處，也沒有掙扎。

「我可以每天騎自轉車去學校送便當，我可以泡茶給少爺喝，打掃房子……」

「是我跟父親說不需要帶下人來台北生活的。」

所有人都抬著頭看天空，少爺也不例外。

只有三郎垂下頭，鬆不開手。

「我會寫字，我會穿鞋。」

少爺的手臂抽動了一下，「為什麼想留下來？」

「我是合格的下人。我記得少爺說過的所有話。上岸的時候，我沒有想到會遇見少爺，後來我一直穿著鞋。你教我的，我都學會了。」

「你回去詹宅也可以繼續工作。」

三郎深吸了一口氣，「早崎先生在宜蘭，少爺一個人在台北會很寂寞吧。讓我留下來陪少爺。」

「否則你就會把我跟他的事告訴我爸嗎？」

三郎沒有否認。從他將自轉車停在山下走上小屋偷窺的那天開始，他就知道自己有一天會這麼做。

「你其實可以跟我說你捨不得我。那天清晨我跟父親吵完架，你不就在那裡等我哭了很久？怎麼說出來的話變成這樣。」

他沒想到少爺知道。三郎瞪大眼睛，下意識想後退卻被少爺一把抓住。

「為什麼不敢說？」

四周的歡呼越發熱烈，飛機準備進行最後一次的俯衝旋轉，圍繞著他們的人群就快要退潮。少爺卻死死握著他。

「為什麼？」

「……很丟臉，喜歡少爺很丟臉。我只是一個下人。」

「所以就威脅我。」

那應該是一句質問，少爺的聲音卻很輕，更像嘆息。然後他鬆開手，轉過身回抱住了三郎。

「以後不要這樣。」詹德暉說，「你會後悔。」

三郎用力咬住牙根，直到身旁爆出一陣掌聲才敢開口，把哽咽包藏在其中，「好。」

「但我不會後悔。」

萬頭攢動，在所有面向天空興奮的臉孔之中，只有他們的髮旋靠在一起。

三郎從海中驚醒時，海水淹到他的下巴，隨著浪花的起伏偶爾竄入鼻腔。

其他海人都在清晨漲潮前離開沙灘了，即使他整個人沉在海中，也沒有人叫醒他。

他捧起一把海水拍在臉上醒神，匆匆趕到採草的地點。

下水前他抹了抹還濕漉漉的臉，不小心吃到一嘴鹹苦，他以為是未乾的海水，卻發現拉船的人直直地盯著自已看。

原來是眼淚。

三郎連忙跳進海裡。

倒流的鼻涕讓他不好掌控吐氣下沉的力道，他花了比平常更大的力氣往海底游。看見礁岩前，他忽然意識到這口氣不夠支撐到他拔起海人草再游回水面。他應該立刻掉頭浮上水面調節呼吸，空手而歸頂多被責備幾句，但他卻不由自主地加快了往下踢水的速度。

他游過海人草密集生長的礁岩群，沒有海人回頭看他一眼。

離開淺灘接觸到的魚群越來越多，開始擦過三郎的後背，甚而輕啄他的皮屑。胸口憋悶的感覺像是含了一口火在嘴中，從喉嚨慢慢往下嚥，燒破極力收縮的肺泡。

他看著自己吐出最後一口氣，感覺到冰涼苦澀的海水灌進嘴裡，終於洗掉眼淚的味道。

破碎的氣泡消散在隱隱擺動的巨大黑影中，擺動又掀起更多氣泡，三郎的視線被一片霧白填滿。

水已經滾了，爭先恐後的氣泡冒出，三郎才發現自己忘記將水倒進茶壺。

他全心的注意力都集中在門縫傳出的聲音。

「我不可能現在跟你回去宜蘭。」

「你留在這裡，什麼時候被炸死都不知道。」

「所以回去給詹家生一個孫子，我死在南洋就算了是不是。」

三郎盡量收斂自己的動靜，輕手輕腳翻找藏在碗櫃深處的茶葉，好讓自己聽清楚老爺與

少爺的對話。

他旋開茶葉盒，晃了晃幾乎見底的茶葉，越泡越淡的茶，不如喝滾水。

「你怎麼這樣說話？」

老爺的音量拔高，三郎可以想像少爺煩躁地拿起茶杯假意要喝，其實恨不得摔在地上。這幾個月少爺出門以後，他總得收拾房間內破碎的瓷片。

「阿爸，我不想死，不要再來台北叫我回去結婚了。留在台北病院至少我還是一個能派上用場的醫師，回去宜蘭就只剩下開感冒藥的份，你覺得哪種醫師更適合送上戰場？」

「回去宜蘭我至少還可以找人疏通啊。」

「沒有用，沒有用，不要再想這些事情了。為什麼你到現在還不懂？從一開始那些錢就沒有解決任何問題——」

三郎失手將剩下的茶葉全倒進茶壺中。

所有聲音被空襲警報按了暫停，後來每一場爭吵的贏家都是警報，破碎的日子抽開空襲便無法連成完整的記憶。老爺走後，鐵道成為主要的轟炸目標，他也沒有機會再來。

那天空襲警報一直沒有停，哭嚎逐漸被炸成死寂。

他們不知不覺抓住彼此的手。

走出防空壕溝後，三郎往前踉蹌了幾步，回頭才發現詹德暉的手在看見台北病院被炸毀時鬆開了，四處都是倉皇亂竄的人群，空氣很燙，他卻感覺周身冰冷。三郎一直記得他轉過頭來看向自己的表情，詹德暉的眼睛好像穿透了時間，注視著虛空中尚未來到台灣的自己，要他別踏上這一座海市蜃樓。

三郎想捧起少爺碎掉的瞳孔，在他眼中拼回一間完整的醫院。

但他們只是不聲不響地走回家裡。

少爺開始打包三郎的行囊。他根本不知道如何收納，只是毫無章法地將他認為屬於三郎的東西塞進皮箱。

直到詹德暉準備將他的鋼筆也放進去時，三郎才出聲。

「你要我去哪裡？你呢？」

「我們不可能贏了。」

「你不是一直說皇軍不會輸。」

「要走快走，不然之後可能走不掉了。」

「所以我該去哪裡？宜蘭還是琉球？」

「你們怎麼可以輸？」詹德暉踢倒眼前的圓凳，頹然坐在椅腳上，「我怎麼敢想皇軍落敗以後的事？所有的東西都會消失不見，一開始就不該存在。一開始我就不應該心軟。」

「什麼意思？」

三郎一問出口就知道他其實不想聽見答案。

「我不應該心軟答應你。」

詹德暉說，「你一定記得那個巡查吧，你以為你發現了我的祕密。但你知道為什麼我不在的時候你都剛好有自轉車可以騎嗎？因為我知道你會來偷看，我把車留給你，怕你錯過太多。」

「為什麼？這個跟你答應我又有什麼關係？」

三郎知道他把自己擺上茶杯的位置，等著詹德暉舉起來摔破。

但家裡已經沒有多餘的茶杯了。

「我想要你覺得我們很羅曼蒂克，否則沒有人當成是戀愛。我們心知肚明這是交易，是我威脅他，像你威脅我一樣。早崎怎麼樣都不肯收我爸的賄賂，但如果他跟我好上了，他就沒辦法取締我們家扶乩問藥的生意。」

詹德暉看著他，眼中卻沒有焦點，「我以為我們可以不一樣。你還沒做錯，你不用離開，你只是不知道怎麼承認你喜歡我。怎麼會又變回這樣？」

三郎見不得少爺倉皇，忍著故事中其實沒有自己，也想讓他說出來。

「你做錯什麼？」

那些微小的憤恨和錯誤，讓他記掛到現在。

「他明明侮我的時候都不讓我說話，把我當番仔，最後卻說他謝謝我。」三郎看著詹德暉脹紅的臉一吋一吋褪回慘白，「如果一開始我說的是喜歡他，不是想用身體威脅他通融，事情會不會不一樣？他總是說他只是一個遊手好閒的混混，想來台灣討一口飯吃，我一直不想相信……」

他無聲地倒氣，直到詹德暉接近喃喃自語的獨白稍停，他才問出口。

「所以你答應我只是在補償自己嗎？」

詹德暉一愣，搖了搖頭，緩慢地逼自己開口，「只有你一直看著我沒有離開。」

三郎笑了。

「因為我想變成像你一樣的人啊。」

詹德輝短促地倒抽了一口氣，「如果我是故意的，故意要你穿鞋、教你寫字，教你所有你不會的事，我從一開始就知道這樣做會讓你想要變成我。這樣你還想要變成我嗎？」

「可是我都學會了。」三郎忍不住吼出來，「我都學會了，怎麼還是沒有變成你？」

他看見少爺轉身過來，淚水很快地滑到耳後。

少爺抱住他，空襲警報響了又停，他們都沒有動彈，久久以後，他才聽到少爺說，寄人籬下。

三郎睜開眼睛，發現自己躺在海底。他先是注意到自己沒有再吐出氣泡，先前的確是他

的最後一口氣。然後他發現四周的黑影原來是大魚，牠們的身長與自己差不多，他從來沒有在採摘海人草時看見這麼多鯊魚同時出現。牠們的尾鰭掃過三郎的肩膀、胸腹，不輕不重的力道推著他緩緩移動。

被推著正面迎向一隻鯊魚時，三郎倒抽了一口氣，張開嘴的同時嗆入了等量的海水。胸前悶痛窒息的感覺隨之浮現，他的手腳開始本能地向上滑動。沉溺在過去的人會被回憶吃掉，溺水的時候不可以張開嘴巴吸氣，繼續保持穩定的呼氣，才有辦法回到海面。

他用力從軀幹的末端擠出潛藏的氧氣，他呼出帶有燒焦氣味的山畔空氣、陽光與漢藥材交融的氣味、空襲過後血腥與煙硝混雜的惡氣……直至看見水面的光。

浮到海面嗆出一口水時，他發現自己已經流出內海，漂流到外環礁的周圍，採摘海人草的工作船隻在遠方縮成零星的小點。

❧

經過兩個多月的採集，海人草終於填滿船上所有的空間，就連睡覺時平躺下來的地方都沒有，因此回程所有人都睡在乾燥的海人草堆之上。

三郎是第一個找到登岸港口的人，他接過船長手中作為獎賞的兩包香菸。

他站在甲板上進退兩難，抓著菸盒的手微微發抖。在琉球出發時船長沒有告知眾人停靠台灣的行程，為的就是避免有些海人不願意登上涉及走私的漁船。戰後琉球、台灣、中國、香港形成一個緊密的走私貿易網絡，先前三郎雖然知道自己運送的砂糖與蓬萊米來自台灣，但他負責的走私範圍一直以來局限在琉球的島與島之間。他沒有想過自己會再來到台灣。

漁船停靠在蘇澳，船長吆喝眾人替他將幾綑海人草搬運下船。

「跟我一起去接頭。」船長搭住三郎的肩，像是忽然想起三郎與他的親戚關係。

三郎不知道以什麼理由拒絕，只好應允，「要換什麼？」

「盤尼西林。」

「有人願意用草藥換西藥？」

「大家都一肚子蛔蟲啊。」船長壓低聲音，「中國明明已經接管台灣了，台灣人想要自己領地裡的藥草還要靠走私，說不定再過一陣子，台灣也要廢了。」

三郎心不在焉地點點頭，咬住一根菸，試圖掩飾自己抽動的嘴角。

他其實比船長更早看見來交易的對象，船長快步迎向前寒暄時，他就注意到走來的人鞋子破了一個洞。

「菸。」船長轉過身不耐煩地朝三郎招手。原來這是船長招攬他一起下船的用意，三郎不免佩服船長的節省，畢竟一條走私香菸的價格幾乎相當於基層教師一個月的薪水。

三郎抽出一根菸，遞給詹德暉。

他沒有接，詹德暉抬頭看向三郎，不言不語也不挪開視線。

三郎習慣性想從他的眼中讀出他沒有說出口的話，卻看見自己。三個月沒有整理的頭髮長到下巴，全身晒得又黑又紅，只剩下鼻頭還會反覆脫皮。

他已經很久沒有穿鞋了。

一切彷彿倒退回到三郎上岸的那天，他們對彼此完全沒有索求的念頭。

三郎忽然讀懂大空襲過後少爺看他的神情，直到他被遣返回琉球以前，他都沒辦法理解那一層矇矓而陌生的視線代表了什麼。

他以為少爺捨不得一切消散，現在才發現少爺是鬆了一口氣。

時代開闢的錯位相遇，也只好佯裝身不由己地交給時代拆散告終。

三郎仍然伸手將火點上，然後把菸收回自己嘴邊。

他不管船長氣急敗壞地叫罵，逕自走開站到一旁抽菸。他依稀聽見詹德暉在向船長討價還價，那一批盤尼西林是他從醫院偷出來的上等貨，台灣紙幣已經貶值到什麼也買不起的地步。

三郎轉身走回船上。

上船前他與一名把軍帽夾在腋下的人擦肩而過，他注意到帽子上的藍白黨徽，正想轉頭

叫船長撤退時，忽然聽見甲板上海人們的聲音。他們要他給港口測量員一根菸，他也是日本人，所以他們可以全身而退。

三郎爬上甲板將整包菸拋給身著破敗軍服的男人。

男人沒有回頭，揮了揮軍帽向走私船致意。

三郎有些好奇，原來戰後日本人也能迅速穿上中國人的軍服，於是他站在船沿盯著男人的背影。男人走向不遠處同樣穿著軍服的人群，用中國語閒談的聲音突兀地安靜下來，然後他們開始起鬨，士兵們指著海人草船隊的方向比手畫腳，誇張的手勢不像單純的溝通，更像嘲弄男人。

男人一直沒什麼反應，直到軍帽被撥到地上，他才彎腰去撿。

男人抬起頭，三郎幾乎不能確定自己看見誰，另一頭船長與詹德暉也注意到了士兵們的騷動。船長拔腿往船的方向跑來，而詹德暉轉頭看著，就沒有再動彈。

即使中國兵沒有靠近船隊，船長仍然兵荒馬亂地喊著啟航。

三郎看著詹德暉看著早崎昭。

在港口人影小到幾乎消失以前，三郎看見詹德暉轉身離開。

船隊開過太平洋的一半，已經可以看見與那國島的輪廓。

一艘小船忽然爆炸了。火舌迅速捲上乾燥的海人草堆，草堆上傳來淒厲的叫聲。躺在其餘船隻上的海人紛紛停下動作低頭看了看自己身下的草堆，片刻又開始傳遞玻璃片。

他們用玻璃片劃開因為觸碰到海人草而腫脹的皮膚，擠出裡面的膿，準備上岸。患部原本並不會疼痛，割開擠膿時才會，傷害的體現有時候是這個樣子，但擠出來，才能繼續下去。

船隊持續朝與那國島駛去。三郎一路目送海中央熊熊燃燒的火團。

下船以後三郎睡了整整一天，從白天到白天。

醒來的時候，姊姊帶回一罐糖果球，因為她知道三郎會在櫃子上留下兩萬圓。

糖果球長得很像金平糖，所以賣得很好，得在進貨的一早就去雜貨店排隊，才能買到。

三郎知道，所有東西都是從台灣走私來的。

三郎坐在緣側，看著遠方如海市蜃樓的島嶼，他定睛看著，空無一物的海就燃燒起來。

他正對著陽光，咬碎所有糖果。

遠離台北

陳又津

文字通りの豪華版！名實共に日本一！臺灣最初の實演大興行！
東京松竹少女歌劇 公演
T.S.S.K
オリエ津阪、紅十六、富士峰子、伊丹陽子
松竹シヨリイシスター
松竹ダンシングチーム出演
大世界館の豪華なステージを御期待下さい
オリエ津阪
伊丹陽子
紅十六
富士峰子
特種興行ニ付キ從來發行ノ特賣券及入場券ハ御遠慮下サイマセ
東京松竹少女歌劇出演者選名
オリエ津阪 富士峯子 紅十六 伊丹陽子 星光子 水木凉子 四條公子 山村邦子 曉照子 浪路ヒロミ 辰巳千春 曙あをみ 並木路子 松風ちどり 錦織江 若水久美子 夕月淺子 大海うらゝ 月城彩子 旭輝子 笠野由紀子 風見ゆたか 須田君代 牧場マリ子 千早映子 楮みち子
初日（九月四日）は夜七時開演 二日目より 晝一時 夜七時 二回興行
當局の御趣旨に順應し 新體制徹底的 奉仕料金
階上二圓九〇錢
階下一圓五〇錢
四日ヨリ六日間
大世界

「適逢常夏時，茂盛盡綠草
多蔭又甚涼，生命若永劫
端正、堅強、淑雅，似若大和撫子，
永持幸福感，自慎永不變」

安藤光子面對兩三千名學生，唱起一高女校歌時，竟意外地有些怯場，前三個音微微地顫抖，幸好第二句樂句就完全恢復水準，收尾的長音完美無缺。——算是不愧對松竹少女歌劇團的名號了。

睽違銀幕數十年，光子難得登台為台北州第一女子高中的百年校慶獻唱。日本時代的校歌旋律、歌詞都跟美國統治的現行版本不同，但學生畢竟是擁有良好教養的少女，識相地鼓掌，讓這場表演順利落幕。六十多年前的台灣，那時官方語言還是日語，同學也以聽不懂台灣話，只會說日語為榮。誰會想到，有一天一高女的學妹會根本聽不懂校歌，改採英語為正式語言呢？日本戰敗後，台灣、朝鮮、滿洲、日本⋯⋯都成為美國的屬地，接受駐日盟軍總司令的統治，與共產蘇聯形成冷戰對峙的局面。

對這些年輕的孩子來說，光子只是個會說日文、唱日文歌、英文有點異國腔調的過氣老太太吧。走下講台後，幾個校友索取簽名，她們也不年輕了，所以都巧妙地不提合照，只是

拿出藍光修復的磁碟片，請她題字簽名，異口同聲稱讚她看起來很年輕。就算有人要求合照，光子也會委婉拒絕。大家一起在校園漫步，回憶過往時光，以她們最熟悉的日語交談，偶爾混雜著台灣話與漢語。有些人跟光子一樣，從日本專程飛來台北參加校慶，也有人在戰敗後決定留在台灣，跟隨夫家或親戚改戶籍。雖然大家彼此不熟識，但光是能使用相同的語言、擁有共同的回憶，並且活到今天，就足以令人慶幸了。

這一屆的學生畢業之後，四樓的教室即將徹底廢棄，因此黑板完全被塗鴉覆蓋，有種狂歡的氣氛。為了證明這裡是危樓，地板已經傾斜，有人拿來彈珠，讓它從走廊這一端，滾到了另一端。這座樓是空襲之後僅存的建築，其他都在大火中燒毀，但撐到現在，終究也是老了。至於刻著校訓的正強淑石碑，竟也失蹤了好些年，直到最近才終於找到了，連那麼大一顆石頭都會不見。光子只可惜以前沒好好看過這顆石頭，現在也比較不出所以然。

對安藤光子而言，這裡的確是一切的開端。

❧

映畫與歌劇，哪一個更接近藝術？

看完《泰山》的那個夜晚，安藤光子想去美國學習電影。但那天從新世界館散場時，光

子動搖了，彩色的松竹少女歌劇團，比黑白的銀幕更動人。東京，或許是她未來真正該去的地方。

關西寶塚，關東松竹。

前往東京以前，果然要去寶塚才行吧？但音樂學校只收十到十四歲的女孩，現在十五歲的光子，明顯是來不及了。雖然母親總說藝能界很複雜，女孩子與其練習唱歌跳舞，還不如學習縫補衣服烹飪料理，等著嫁人結婚生小孩。但父親總是鼓勵她做自己真正想做的事，任由光子拿走他桌上的雜誌，說要買書也毫不吝惜地掏出錢來。知識就是力量，這是他身為記者真正的信仰。

「我要成為台北第一的男役。」

男役，是少女歌劇團裡擔當男性角色的演員，因此女學生們取笑光子的夢想，畢竟未來從學校畢業的大家，一部分會前往內地求學，一部分去工作，但沒人會成為演員，至少台北州立第一高等女學校沒有任何前例。

「說不定光子還沒畢業，就有人來學校把她娶走了。」手帕交促狹地說。

「竟然有人願意娶？是誰？」聽到八卦，另一名少女從書本中抬起頭來。

「光子如果找不到人結婚，我想我哥可以接收。」

「等我成了台北第一男役，妳們一定會後悔，到時候啊……我就去三高女尋找溫柔婉約的

對象。」

光子的狂言讓大家笑得東倒西歪，她們若是能選擇的話，在場的各位，恐怕有一半想嫁給光子。雖然在外人看來，「高女」都是頂級的新娘學校，學生是高不可攀的高嶺之花，但一高女、二高女，多是日本學生就讀，三高女則是本島學生，以未來成為賢妻良母的名聲而著稱，因此有時她們還沒畢業，就有本島男士去校長室相親了。換言之，從三高女走出來的少女，某種程度確實比一高女的學生有教養，反倒被高傲的內地少女視為活動的新娘型錄。

天之驕女，無疑就是指這群少女了。

若以雍容華貴的蘭花比喻本島少女，以燦爛的櫻花對照內地少女，那麼在南國成長的內地少女，就是有刺的九重葛了。在街角大鳴大放，不瘋魔，不成活。九重葛遠看的時候很美，但接近的時候是有刺的。儘管成長於貧瘠的土壤，卻能長出與根部不成比例的藤蔓，花朵張狂得如同燒夷彈。細究起來，其實那些豔紅、粉紅、透白的花瓣根本不是花瓣，而是異化的葉片，但大家把它們當作花朵來看待。想連根拔除的屋主多半懶得管理。甚至到了後來，花園的植物都死了，只剩九重葛存活下來。

創造台北第一的男役，於她們並非不可能之事。

相反的，這正是證明她們能力的機會。

錯過四月伴隨學生入學的滿開櫻花、無法進入華族的社交圈、必須比內地人更關切東京

的一舉一動、除了東京以外一無所知的自己——有必要做點驚天動地的大事。雖然這群在本島逍遙、生活有如貴族千金的少女，回到內地不見得有何特殊之處，但她們堅信自己跟別人不一樣，總有一天會成為重要的存在。

台北第一的男役，偶然地契合她們的夢想。

男役超越年齡的限制，是只出現在夢中的青年，即使這群少女們涉世未深，但她們也很清楚，這樣理想的男性，是絕對不存在於現實的。她們要的，絕不是隨手可得的男性。——看看家中的老爸，就算是總督府的重要官員、植物學家、銀行家都一樣無趣，誰要普通的男性那種東西？散發惡臭的男子，遲早會毀壞她們的少女樂園。此時此刻，就是她們青春的尾聲。如果戰爭延燒到本島，那少女們的快樂時光，恐怕一眨眼就結束了。

在一高女四年所要做的，就是盡量迴避普通人的身分。

以不存在為前提，創造自己的王子。

台北，不，該說是本島第一的男役——來自南國的進步氛圍，像颱風一樣席捲內地吧。

儘管「成為普通人」，將會成為她們未來人生的主旋律，但現在她們還有些任性的空間。當時的她們還不知道，戰爭陰影已然籠罩內地，東京面臨殘破的命運。但台灣處於大東亞共榮圈的邊緣，遠離核心位置，所以這群少女們反倒照常看電影、逛百貨，相信災難永遠到不了殖民地的南方，不過台灣的體育課近來也規定了薙刀項目，少女們要揮舞著比她們高

上許多的薙刀，一板一眼地按照指令操作。防空演習則像是意外的驚喜，女學生們上課上到一半，聽到警報就嘻嘻哈哈躲進防空洞，拎著最新出版的雜誌或書本，期待這不知何時會結束的下課時光。為了迎接即將來臨的戰爭，學校也增加了遠足項目，聲稱要鍛鍊國民的身體與意志，就算腳起了水泡也不能停下腳步。

在殖民地成長的少女，必須比溫室長大的更堅強，就像是一高女的學姊，締造女性攻頂新高山的歷史紀錄。那些只見過富士山的人，無法理解新高山的複雜與美麗。海拔三九五二公尺的空氣，與三七七六公尺的差異，絕不只是算數上一七六公尺的差異。當學姊說起更稀有的高山杜鵑、令人疼痛的薊草、曲折的千年柏樹——那才是高山真正的姿態。她們證明了女子開啟了新的時代，可以游泳、可以登山、可以前往他人尚未去過的地方。

對於此時此刻的安藤光子，學校的英語話劇比賽，是她難得能實踐夢想的第一座舞台。《馴悍記》、《羅密歐與茱麗葉》、《小王子》、《灰姑娘》……打聽之後，其他班級報名的參賽劇目跟前幾屆沒有太大差異，有的只能算是小學校課文延伸的加強版，只要是經典劇目老師基本上都沒什麼意見。

「你們讀過《少女港》嗎？」光子說，這是她最近熱衷的小說。

《少女港》是川端康成一九三七年在雜誌連載、講述女學生友誼的故事，新生三千子入學的第一天，收到兩位學姊表明心跡的紫羅蘭，但三千子只能選擇一位作為自己的「姊姊」，情

節圍繞著溫柔的洋子、好強的克子，以及搖擺不定的三千子。儘管三千子最初就選擇洋子，但落敗的克子絲毫不放棄，抓緊兩人在輕井澤度假巧遇的機會，開始練習腳踏車而拉近了距離。洋子和克子，三千子究竟情歸何處？

無論是內地或本島，女學生們煩惱的事物驚人地相似。

「只是我們不像內地那麼浪漫，學姊學妹都是按照座號安排，剛好是最後一號或學姊休學的，就毫無懸念地落單了！」

「自由選擇姊姊、妹妹的權利——果然是小說才會發生的事吧？」

「一高女的同學們，在我們可以掌握的這四年，難道不想掌握自己的幸福嗎？」

「小說雖然沒有明寫，但大和撫子一般的洋子，應該會前往戰場前線擔任護士。體育健將克子或者從軍去了。隨波逐流的三千子，很可能、很可能就這樣嫁人了。」

分析到這裡，大家都安靜地嘆息，似乎這就是少女們共同的命運。

「所以說，沒人比我們更適合詮釋這個故事了！」光子說。

羅密歐是四百年前英國人寫的義大利人，三千子是二十世紀的亞洲少女。為什麼我們只學習西方的經典，卻對於眼前的事物視而不見呢？

少女歌劇團的發展也十分耐人尋味：歌劇團最初以娘役為中心，因為誰不想擔任女主角，擁有嘹亮的歌聲，穿著公主般華麗的服裝？但此時的少女歌劇團，不過是日本模仿歐洲

的通俗歌劇，若是可以在維也納唱莫札特的夜后，誰要作俗氣的娘役？但當時大眾的普遍氛圍是，這樣就好了，有歌聽、有酒喝，熱熱鬧鬧的也就夠了。畢竟當初劇團經營者只是想以全女劇團作為號召，藉此招攬遊藝場的高端顧客。由女性扮演的男役，只是男演員的替代品，屬於不可或缺的綠葉角色。誰也沒想到，最終男役翻轉了人們觀賞的邏輯。

因為女性觀眾的目光根本不在娘役身上，而是獨一無二的男役。

無論是已婚婦女、成年女性，還是未成年的學生，女性觀眾一致沉迷於少女歌劇的魔力。只要松竹來台灣演出，她們必定排除萬難，不惜違抗丈夫去觀賞，甚至到基隆港迎接名伶來台。就算偶像對自己一無所知，也想確定自己與對方有某種羈絆。等到舞台燈光亮起，這些忠實的觀眾像是大夢初醒，聽著有人替她們唱出心中想說的事物，甚至比她們更了解她們自身。音樂是藝術家守護自己的方式。或許有一天她們死去、老去，但有一首歌留住了此時此刻的永恆。

一九三八年，畢業前夕的英語話劇比賽，光子和同學們決定以《少女港》參賽。雖然好事的民間人士質疑，學生不應學習敵國語言，但學校老師毫不猶豫地捍衛教育權利，說是只有了解敵人，日本才能找到打敗對方的方法，他們才無話可說，學校得以順利舉辦英語話劇比賽。只是無論再怎麼努力，《少女港》輸給了隔壁班的《馴悍記》，全班抱頭痛哭。光子不記得二年級排球比賽輸的時候，大家有沒有這樣哭了，但這次不一樣，劇本、歌詞，甚至是

舞步都是自己編的，為什麼就輸給了五百年前的莎士比亞？忘了是哪裡請來的評審說《少女港》無病呻吟，但有病的是他們，只懂得固守那套保守的品味。換作是內地，開明的評審一定會允許她們大膽的嘗試，甚至正面稱讚她們的勇氣吧。

當然，這只是光子作為十七歲少女的想像，往後她到了日本各地演出，她才明白，內地媒體對於非內地出身的人，往往有著非理性的質疑。

❧

——有時，我醒來看到窗外的月亮，不知怎麼再也睡不著，就會帶著書離開宿舍、來學校坐著。那段時間我帶的，不是老師教的那些，而是我特地選的書，全世界只有我跟書，就好像只有晚上的自己才是真正的我。

忘了聊到什麼話題，住校生洪千夏偶然提到了這個祕密。

千夏是本島人，從鹿港北上求學，但住在父親下屬的家中。那個內地人明明只是個處長，但派頭十足，他一回家，親子和孩子都要跪在家裡迎接。幸好千夏不用，但看著內地人那樣還是覺得怪異，嚷著要搬出去，父母卻強調她還小，非得有個人照應，就一直忍耐她最討厭的日本醃菜。直到有一回，處長太太準備的飯餿了，讓千夏鬧了嚴重的腸胃炎。拜那回

住院之賜，她才終於住進學寮，一個人逍遙自在。

幾個要好的朋友吃驚得不得了，鬧著要千夏組織這場夜遊。報名的人有五、六個，但要說服父母外宿太困難，加上當天可能會下雨，說好的人紛紛打退堂鼓。最後晚上九點，真的拎著毯子、書本和饅頭在教室集合的，就只有光子和千夏。

「學期剛開始的時候，每次洗衣服的時候都會聽到哭聲，大家都想家吧。畢竟住在城區的內地人，放學了就舒舒服服回家，但我們卻孤伶伶地待在學寮，家在那麼遠的地方。要是在家裡，我們根本就不用自己動手洗衣服啊！」

看著千夏把隔天要用的百褶裙壓在榻榻米下，就覺得她好像大人啊。

天漸漸亮起時，兩人就回宿舍和家裡梳洗，上學時像是什麼都沒發生，或說白天的她們更像是夢遊。被同學問起心得，光子只說蚊子很多、地板很硬，沒什麼好玩的，有時就算千夏沒來，她也會早早吃完晚餐、和衣入睡，等到半夜再回到校園。從那個時候開始，夜晚有了另外一個自己，在這世界有了另外一個祕密基地。

無人的校園，是屬於少女的樂園。

站上禮堂舞台，大聲朗讀劇本，砰砰砰彈奏鋼琴。

老師辦公室的抽屜，一個一個拉開，讀著他們內地家人寄來的書信，看來教書這工作也是滿辛苦的。

躺在操場看星星，整片天空就像是漂浮的大海，隨時會把人吸進去——有時候真的就這麼睡著了。

天冷時，兩人就鋪開毯子，窩在講台旁的角落。

後來，光子甚至擁有了專屬的過夜包袱，從牙刷、毛巾、零食、水壺、書本，一應俱全，這樣就算說是要遠足，大概也不會有人懷疑吧。然而，今年就是她們共同度過的最後一個春天。從學校畢業、各奔東西的大家，將何去何從呢？

「要一起去內地嗎？」光子問。

「去那裡幹麼？」

「比方說，去專門學校考個老師資格之類的？」這當然不是光子的真心話，但這是母親最常掛在嘴邊的期待，諸如女孩子有了工作就可以養家，不用看丈夫臉色之類。光子母親就常說，換作她生在現代，肯定會努力留在鹿兒島做國語老師，而不是到這鳥不生蛋的荒島做家庭主婦。——雖然她逛菊元百貨時都在挖空心思找尋那些東京買不到的舶來品，無視台北根本比很多地方都進步。

「有了任教資格又怎樣，誰會雇用我呢？」千夏說。

本島人與內地人的差異，不經意地在此冒出來。

「如果我有哥哥的話，或許可以跟妳一樣，去內地跟哥哥住一起，互相照應。偏偏我只有

四個妹妹，還有小我十歲的弟弟。畢業後八成是操持家務，幫忙家裡生意，最多讀個女子學院就算是萬幸了。」千夏說。在本島，女性沒有其他升學管道，必須前往內地的女子專門學校，往後才能擔任教職或從事專門職務。幾年前雖然設了台北女子高等學院，師資也是台北帝大的教授兼任，但因為派系鬥爭，就變成了培養賢妻良母的新娘學校。那裡的女學生非常時髦，校風也很開放，但也很多人因為婚事中斷學業，然後再也回不來。

「所以啊，光子妳一定要做個男役，去完成我不能完成的事吧。」千夏那時的語氣，像是真心誠意地相信光子，而不是像其他同學那樣開她玩笑。

後來每次打算離開劇團，光子都會想起這句話，決定再待一下，一下下就好。

❦

一九四〇年，光子一抵達東京，就瞞著父母把原本要讀女子專門學校的學費，投入松竹少女歌劇團訓練班。哥哥雖然知道這件事，但也由著她去。畢竟戰事越來越激烈，他自己都沒把握能否完成帝大的學業。人生苦短，讓妹妹吃點苦頭也好，有朝一日回來讀書嫁人才會心甘情願。他沒料到的是，妹妹竟然能在競爭激烈的劇團裡獲得一席之地，讓他後來只要自稱是安藤光子的兄長，就能得到不少禮遇。

這趟是光子第二次來到東京。第一次是跟一高女同學進行的修學旅行，那個月她們終於看見了內地的櫻花。但光子也是實際到了內地，才發現自己這樣的孩子被稱作灣生，就連福岡出生、三歲才來本島的同學，也不被當成真正的日本人。

——沒有看過櫻花、沒有看過白雪的我們，難道就不是日本人嗎？

此次來東京求學、追尋成為演員的夢想，光子盡量不提本島出身，反正少女歌劇團的練習生都一樣，來自四面八方，別說是台灣，就連朝鮮、支那、滿洲的都有，甚至還有南洋來的。大家看重的是妳的身材、音準、發音和容貌，誰能上台，誰就能大聲說話。每個人忙著練舞、歌唱和表演，連吃飯都沒時間了，根本無暇顧及其他話題。只是某些在本島使用的詞語，在內地是死語，讓光子捏了把冷汗，就說是書上讀的。只要有機會，光子就盡可能模仿東京人的談吐、穿著打扮，不讓別人發覺自己的出身。就算在路上聽見本島人說話，也盡量裝作不知道，跟著身旁的練習生露出困擾的表情——那意思是：怎麼會有人把日語說成那樣呢？

然而隨著戰爭白熱化，大量的體力練習與愈加限縮的配給，讓光子總是吃不飽。許多練習生就這樣打包回家，就連一線演員也決定離開舞台。哥哥某天也這樣問光子：「如果我從軍了，沒人照顧妳，妳要回本島嗎？」

但回到本島，就意味著結婚嫁人，這輩子不可能登台演出，徹底放棄自己的夢想，「我不回去。」寧可住在劇團窄小的宿舍，聽著團員的打呼入睡，大不了跟著劇團四處巡演居無定

所，光子也絕對不要回台灣。

❦

——即日起，全劇團不分正式團員、練習生，全員上台為前線軍人應援。

光子進入劇團半年後，團長慎重地宣布。

就連爬得最快的演員，過去也需要整整兩年的訓練期，資質不夠的，在劇團待四、五年只飾演配角的，也不在少數。無論如何，這對光子都是好消息，意味著她可以正式登台演出。原本只有少數的正式團員有資格登台演出，但為了應付軍隊的宣傳需求，劇團將所有成員均分成五組：海、天、波、羽、竹。若非如此，光子這種訓練不到一年的練習生，絕無可能正式登台。

「——妳是支那人嗎？」

分組之後，導演分派角色時，光子突然被問到這句，難道是口音出了什麼問題嗎？本島有許多支那人，導演想問的是不是本島人或灣生，但把支那和本島搞混了？但光子不敢多問，趕緊搖搖頭，畢竟真要說，自己也算是內地人吧，父親是東京都，母親是鹿兒島，這點絕對沒問題。光子這樣說服自己。

「我能演支那人！」旁邊的林崎百合子說，她在滿洲出生長大，平時使用漢語和日語混雜的協和語，所以對漢語很熟悉。導演明顯鬆了一口氣，因為前面沒有任何會說漢語的演員，但現在演出的劇本都要有一個支那角色。

眼前的少女，穩穩地把握了這機會。

「很好，說不定下一個李香蘭就是妳了。」導演說。李香蘭是當時最受歡迎的歌手，甚至擔任日滿親善歌唱大使，因此劇團導演也想如法炮製，再打造一名屬於大東亞的絕世歌姬。導演聊到這裡，連剩下的三位都不問了，大家就地解散。

林崎百合子，成為了「林月秋」。

——妳是支那人嗎？

原來導演要問的不是真實身分，而是舞台的需求。畢竟大家入學前早就填寫資料，不用導演一個一個問，也能一目了然。光子錯過了這次機會，雖然這機會嚴格來說也不算是她的，對於支那的認識，光子也只認得幾個漢字罷了。下次會有本島人的角色嗎？在一高女就讀時，老師強調時代不一樣了，每個人都是公平的，光子也這麼認為，畢竟沒人會提起內地人與本島的差異，他們都相信，再十年，頂多二十年，本島人和內地人就會同化了。但有一回，千夏強烈地反駁老師，她說本島人和日本人根本不平等，就連配給的肉、米和糧食都有具體差異。當千夏講完那段話，光子只覺得很抱歉，她以為兩個人已經很熟、也是很要好的

朋友，卻連這些事都不知道。雖然就算知道了，她也無法改變什麼。然而作為演員，不就是要擺脫自己的局限，演什麼像什麼嗎？但甄選就是甄選，旁邊的團員成功了，安藤光子失敗了。但「林月秋」既然在滿洲長大，應該能理解自己的煩惱吧。

光子在打飯時，盯著林月秋的背影，也刻意坐在她旁邊，這樣提及自己來自台灣時，就不必面對林月秋的表情。她們兩個其實都一樣，父母是內地人，只是林月秋的父母因緣際會前往滿洲墾荒。實際上，一點支那人的血統都沒有，林月秋的漢語也沒有她所宣稱的那麼好。「但我前幾天聽到編劇跟導演開會，抱怨劇本處處受限制，不是每個劇本都能安插支那人的角色。所以今天一聽到這問題，我就決定賭一把。」林月秋收集情報的能力令人驚嘆，對照她後來的發展，似乎也就不那麼意外了。

在魔都上海，舞女青青在夜總會結識了駐紮上海的日本軍官，年輕軍官儘管在東京已有婚約，兩人卻是一見傾心，私定終身。軍官為舞女贖身，在和平飯店舉行了簡單的婚禮，接受眾人祝福。然而戰事吃緊，軍官不得不親赴前線，受了重傷而返回東京，未婚妻照料傷勢、不離不棄，讓軍官不忍傷害眼前温柔順從的女子。他洗心革面，依照原訂婚約成婚，忘

記在魔都上海的種種過往，過起平凡幸福的日子。人在上海的青青，耐心等候丈夫歸來，即使他人對她表明心跡，依然不為所動，因為她有了和軍官的兒子。三年後，軍官傳來了消息，要帶她的孩子前往日本，青青一方面為孩子有了父親而開心，但也對自己的未來徹底絕望，於是開槍自殺。

《上海小姐》是竹組第一齣廣受歡迎的定目劇。

舞女青青由林月秋擔當演出，安藤光子如願成為日本軍官男役，東京未婚妻由星原邦子飾演。這是當時少數的雙娘役劇目，環繞著痴心的舞女與溫柔的妻子，軍官充其量只算是個跑龍套的角色——雖然劇情的轉折主要因他而起。觀眾顯然更關心自己無疾而終的戀情和搖搖欲墜的婚姻，女性觀眾需要找個理由大哭一場，至於駐紮軍隊的男性則需要相信遠方有個人在等他，並且在他受傷與背叛之後，仍願意包容他的一切。但劇情有些地方太過寫實，軍方曾擔心《上海小姐》會打擊士氣，討論是否應予禁演，但協商之後，上層勉為其難放行，即使在戰況最低迷的狀態，這齣戲依然持續上演。竹組返回台北演出時，一高女的同學們特地在新世界館組織了同學會，買票支持安藤光子。

——妳真的實現夢想了。

千夏卻始終沒出現。其他人也不知道她的下落。兩人在光子前往日本之後，陸續通信了幾次，但竹組開始巡迴後，居無定所，光子常常好幾個月才能在哥哥的住處讀信，沒多久，

兩人就斷了音訊。有人說千夏跟著家族去南洋發展，有人說她跟本島望族結婚了，也有人說她為了逃婚搭船去了內地。

——如果她到了東京，為什麼不跟我聯絡呢？

但就算聯絡了，自己又能幫上什麼忙呢？千夏的家族擁有豐厚的資本，如果連她都做不到，那自己更不可能做到吧。同學們大多帶著孩子，有幫傭的替代著照顧所有孩子，她們還是常常掛著笑容，同時指派著侍者菜該上了、替客人倒酒、孩子的尿布可能該換了……她們打點一切的樣子，就是個實實在在的大人了。過了二十歲仍未婚的女孩，只剩寥寥幾個。有兩人正在準備婚禮，過來人便分享經驗，哪些錯誤絕對不要犯，聽得光子冷汗直流。同學會後，大家要照顧家庭，或是因隔天要工作，早早回家了。但難得來到台北，劇團的月秋和邦子捨不得太早回旅館，要光子帶著她們去觀光，認識台北城。她們在三線道上走了很久，那時的她們也不知道，有一天這些看來平常的景色將會徹底消失。

幸好有那一場散步，因為那是最後一次，光子所能見到的完整台北。一高女、總督府、鐵道旅館、龍山寺、天主堂——這些事物將永遠地消失。就連作為演員的她們，也不再是大眾的娛樂明星，而是政府的宣傳機器，說著自己都不相信的台詞，一點藝術價值都沒有，只是一味宣傳日中友好，接收上海的日本人多親切有禮，支那人如何改善風俗。但每天所看見的，就是雙方為了某些理由，互相爭執、失去生命。

那些在本島聽說的恐怖故事，真實在眼前上演。

——我想回家，現在的我該回家了嗎？

——要怎麼跟喜歡我的觀眾交代，我要放棄演出了呢？

——不上台表演，那我還能做什麼？

從春天開始，內地及南洋的城市、工廠，不斷遭受空襲。本島因為遠離內地，只有工廠被鎖定，但工人也不敢去上班。當大城市的人開始疏散到鄉間，母親也來信通知光子，雖然台北被轟炸的機率不高，但她將帶著弟弟妹妹避難，父親則待在報社工作。此後兩人就斷了音訊，光子更不敢提辭職的事。沒想到最不可能空襲的台北，竟然也成了瓦礫廢墟。平民躲避的天主堂，也被徹底炸毀，一高女校長伊藤仙藏在巡查的時候殉職，沒人知道她當時在哪個角落，連屍首都沒找到。光子最擔心的還是，那留守台北的父親呢？光子不斷寫信、託人打聽父親的消息，都沒有直接的回覆，等到兩個月後，才接到母親來信，父親過世了，但她會處理後事，要光子和哥哥千萬不要冒險回本島。如果在海上遇到水雷，更是無處可逃。

——是不是我早點回家就好了呢？

——頂多也是跟著母親疏散到鄉間，父親還是會堅守在記者崗位吧。

以光子對父親的了解，絕對是這樣沒錯。

最前線的上海反而成為最安全的地方，因為這裡沒有工廠，也沒有多少日本人，算不上

是戰備基地，被美國當成支那的一部分看待。沒多久，天皇宣布戰敗，上海又成為支那的上海。是誰的都無所謂，光子只想著這樣終於可以跟家人團聚了吧？大家約定好了，等戰爭結束以後，就回內地東京與哥哥團聚。母親第一時間就買了船票，光子和其他演員卻被留置，支那政府要找出這裡面的漢奸。漢奸是什麼？身為漢人，卻幫助日本政府占領支那的人，其中包含了情報員、政府官員、商社社員……以及演員。

過去的排練室，成了今天的偵訊室。

「Are you Chinese?」美國人以英語發問，再透過翻譯傳給每個人。

光子聽得懂這句話，但她還是想了很久，導致美國人以為她聽不懂他的意思，請翻譯換句話說。光子只是不知道，哪個回答才是最好的。如果說是支那人，是不是就能趕快回家？就像玉音放送之後，很多支那人馬上離開劇團，去找尋美軍相關的工作。如果說是內地人，後續會不會遭受報復，也讓痛恨內地人的支那政府，有了懲罰她的理由？但自己根本不在內地長大，也為了成為真正的內地人吃盡苦頭，現在還要為這付出代價的話，未免就太不公平了。

「我是灣生。」

寄望遙遠的美國人理解自己的身分，這是不是太不切實際了？但一個錯誤，可能就會身首異處，就選一個兩邊都可以的答案，剩下的再想辦法吧。果然，翻譯聽到這個答案皺了一下眉頭，告訴指揮官：「Japanese。」

「No. A Taiwanese Japanese.」光子說明。

「You mean you were born in Taiwan, but you are a Japanese?」美國官員問。

「That's right.」光子確認。

對方在原本的J前面，塞了一個潦草的字。光子也不知道這樣做會怎麼樣，但這是自己所能盡的最大努力，如果必須因為灣生的身分被處罰，被流放某處勞改，病死異鄉，只能怪自己選錯了路，然後和天上的父親相聚吧。

下一位，是月秋。

「我是內地人。」她說。

「但你的名字是『林月秋』。」

「我的本名是林崎百合子，林月秋是為了上台用的藝名，劇團需要人扮演支那人，所以就這樣了。」

「我們不能確定你的說法，這段時間請留在原地。」

星原邦子的回答是滿洲人，但被翻譯成支那人，畢竟在戰前，滿洲就是支那的一部分，

光子在一旁就算想再解釋，也不知道滿洲的英文是什麼。

「我是滿族的皇室，清朝皇帝愛新覺羅氏的旁系。」邦子說明，大家才知道原來一直以來跟自己排演的，竟然是個尊貴的公主。訊問結束之後，邦子後來才告訴她們，滿族在支那的統治有兩百年了，但在邦子出生以前的戰爭，滿人徹底地被漢人驅離首都，「我的族人那時候才知道，原來漢人是這麼恨我們。」

相較於日本前幾年在本島舉辦的始政四十週年博覽會，兩百年是五倍的時間，但就算是這樣，也不能改變任何事。光子想起千夏，她是真正的本島人，會不會也像那些漢人一樣恨我們呢？本島同學最愛模仿的台灣話，光子到現在還記得的就是：「現在小孩子連台灣話都說不好了。」當時光子覺得那些老派本島人太無聊了，大家都說國語不是很好嗎？但那時的她也沒想到，有一天自己必須改說英語，日文有什麼腔調變得一點也不重要。但或許邦子被當作支那人，就能早點獲得自由，也未必不是好事。全員被偵訊一輪以後，有些人被帶走，有些人留了下來。

「你們可以走了。」

這樣就自由了？回答是內地人的，得到了這個答案，要在期限內離開上海。光子被認定日本人，雖然她明明說了是灣生，但還是被分到這個類別，幾個月後可以搭上開往橫濱的遣返船。但身分有疑慮的人員，則需要進一步確認，例如月秋和邦子。

那段時間，光子忙著變賣值錢的物品，打包回家的行李，也把帶不走的送人。月秋好不容易盼來從滿洲送來的出生證，父母確實來自東北的宮城縣，她的演出根據最後的裁定「可算是執行日本國民義務，而非賣國求榮之漢奸」。不過，林月秋終身不得再使用這個藝名，也不能回到從小生長的滿洲，而是跟光子一樣直接返回內地。

——結果，我還是變成了Japanese。

如果連光子和月秋都可以獲得自由，那三歲之後就在內地受教育的邦子一定沒問題吧？畢竟這裡面處境最危險的就是月秋了，但一張出生證明就救了她。邦子在日本的畢業證書、滿人皇族身分一定更有力。當月秋的好消息傳來，邦子的心情也輕鬆一些，甚至學著其他竭力澄清自己的人：「我被邪惡的日本人洗腦，接受了錯誤的教育，才會為他們做事，我是不得已的。」她們都笑了起來，畢竟在悲慘的處境哭出來的話，只會顯得自己更悲慘。又說：「妳們先回去，等我到東京以後，一定要請我吃頓大餐。」她們說著未來想吃的一切，盡量忘卻現實的匱乏。當光子和月秋搭上春天的遣返船，邦子還是沒等到日本求學的證明，只有在滿洲出生的文件，她們寫了好多的信給邦子，但有一天，邦子不再回信了。她在一九四八年的夏天處決。

她的罪名是漢奸。

——我是滿人，不是漢人。

所以導演在問支那人的時候，她才沒有回答。

但我們做的事不都一樣嗎？唱歌、跳舞，然後無端被捲入戰爭的漩渦。

劇團製作人在當地安葬了邦子，懷念她的朋友則找了一些衣服與個人物件，在東京雜司谷墓園為邦子樹立了衣冠塚。

作為戰犯被處決的，不只是邦子，就連天皇也被視為甲級戰犯，他們在同一年結束生命。日本再也沒有皇室了。之後最初的幾年，各地有許多激烈的反抗，但在美軍的軍事優勢壓制下，抗爭慢慢地結束了，就連滿洲也脫離支那，成為美國的一州。畢竟來自教堂、駐日盟軍的物資，才是真正能填飽肚子的。

❧

戰敗國人民需造冊入籍美國，但不是每個人都懂英文，所以身分證上通常註明兩個名字，一個是日文，一個是英文。但真正讓安藤光子鬆了一口氣的是，刪除了出生地一欄。只要不拿出戶籍謄本，就不會有人知道自己是灣生了。光子探頭看了月秋遞交的表格，裡面填寫的卻不是林崎百合子，而是：林崎月秋／Hayashisaki, Autumn。

「原來的百合子比較好吧？」光子忍不住建議。

「但那樣就不是我了。」拿著新身分證的林月秋，不，林崎月秋說：「他們說我不能叫『林月秋』，但沒說我不能叫『林崎月秋』啊。」

但明明有更輕鬆的路，只要有戲能演，像安藤光子這樣，默默做個內地人，大家還是會記得妳演過什麼，認可妳是個好演員吧。

如果光子學生時期所經歷的一切，只是個序曲，那麼對於引揚者的譴責，在戰後才正式開始：「當初拋棄內地去淘金的，現在都夾著尾巴回來了。」「在轟炸過後的城市跟平民百姓搶工作。」「講話怪腔怪調，是跟美國人生的嗎？」「吃了美國人的口水。」內地人對美國人深惡痛絕，也不相信引揚者，因此紅極一時的《上海小姐》不再上演，就算月秋能拿到角色，但也不再是女主角，而且一舉一動都被好事的評論家與民眾針對，幸好廣播電台仍然邀請她獻唱。

歌劇團的時代過去了，很少人有餘裕坐在劇院完整地欣賞整齣戲，他們更喜歡聽廣播，更富裕的人家則是買了電視，邀請左鄰右舍一起看，就算是美國人做的戲、裡面全是美國人也沒關係。英語不再是敵人的語言，而是生活中必須用到的資源。當華納兄弟在日本設置據點，正式招募說日語的日本演員，要跟只播放日語節目的ＮＨＫ打對台時，光子決定正式放棄了男役，接演電視劇來餬口，畢竟到了這時代，也沒人要看女性扮演的男性了。想不到光子因為身高的優勢，適合與美國人同框，省去導演及攝影借位拍攝的麻煩，成了許多電視劇

愛用的演員，也成了家喻戶曉的名字。報章雜誌紛紛湧來採訪，有一回，當天記者會的重點是放送新的電視劇，根本不是光子的專訪，但有個記者問出了光子很久沒想到，也不知道該怎麼回答的問題：

「聽說引揚之前有很多女孩被強暴了？」

「很遺憾，確實是這樣。」遭到訊問的那段時期，無論是本島或滿洲，光子確實聽到許多這樣的消息。

「那妳呢？」

「如果是這樣，我一定回不來的。」光子委婉地說明，但不想真的劃開界線。

「妳沒有被強暴嗎？」

「我自己沒有經歷。」

「但殖民地長大的經歷還是不一樣吧？」

到底是誰在訪問誰啊？光子忍住拍桌子的衝動，經紀人則宣布本日採訪結束。

「妳生過孩子嗎？」

光子記得車門關上以前，聽到記者緊追不捨大喊這個問題。她終於意識到，身為演員，說出來的話都被當作是假的台詞。邦子要是看到了，一定會很感慨吧。結果自己活了下來，也終究什麼也做不了。所謂的餘生，就只是眼睜睜看著一切發生，就算記得了，也根本不重

要，人們在心底早就有了自己的答案。

❦

「走吧，我們去上香。」

每年忌日，安子跟月秋都會去邦子的墓前憑弔，然後去池袋喝咖啡，交代兩人的近況。但這年不同，林崎月秋決定轉換跑道，準備參選美國七十一州的議員。戰前的日本及其殖民地，在戰後成了美國的其他州，現在的美國，就是十九世紀的日不落國，從亞洲、非洲相連到美洲。

這不再是兩個人的聚會，而是一場具有政治意義的行動，逝去的邦子在新聞稿裡被稱呼為「最後的滿洲公主」。

林崎月秋，將要代表支那滿洲參選議員，前往美國國會。

「四十歲了，不能再靠美貌或是才華混下去——這點妳比我還清楚吧。」月秋先前在電話談起。

「當然。」站在螢光幕前的光子，比任何人都清楚地意識到，過了三十歲以後，年華體力不再，女演員總有走到盡頭的一天，必須培養新演員，拍攝更符合大眾喜好的電影、連續

劇，所以轉做了製作人。觀眾無常，世事無常。誰知道哪天又要被審判了呢？雖然人在藝能界，天天都要受審判就是了。關於你的才能、你的外表、你的財產、你的戀愛……就連養的貓都要被審判，真是夠了。

所以這個微雨的清晨，她們才會站在雜司谷靈園祭拜邦子，藉由靈園的記者會安靜地召喚過往的觀眾，將他們的選票交給月秋。光子也會率領旗下藝人，在競選晚會上唱歌、跟支持者打招呼。月秋的戰術奏效了，她以前所未有的高票進入華盛頓特區，在國會裡平步青雲。

每次在電視上看到月秋跟人唇槍舌戰，光子就打從心底敬佩她。畢竟光子只是按照劇本，說出固定的台詞，頂多加上自己的演繹，如果有不懂的地方就請教現場的編劇。但月秋不是，到了六、七十歲還能犀利質詢官員，舞女青青在她身上無影無蹤，她的文法常常有錯，但講對的部分反而更有說服力。那些無法使用母語表達的人，都可以聽懂月秋的話。她為滿洲爭取了自治權，讓滿洲脫離了支那，也脫離了日本，有自己的學校和文化。如果天上的邦子看到了，應該會很開心吧。

至於台灣的發展，光子其實很少關心。母親回到東京之後，堅決不去台灣，甚至連聽到廣播、看到電視節目，都會立刻轉台——父親的逝去給她的打擊太大了。雖然光子想過要替父親立一座邦子那樣的衣冠塚，又怕勾起母親的陰影，最終就放棄了。不知不覺地，光子盡量避免台灣的宣傳行程，直到一高女百年校慶，光子終於意識到，如果她再不去，這輩子就

再也沒機會去了。

降落松山機場之前，她甚至懷疑自己搭錯了飛機，畢竟自己從來沒搭過飛機來台灣，總是從基隆上岸，經過漫無邊際的海。然後她像個鬼魂，飄過不存在的校舍、學寮、新世界館、鐵道旅館、台灣神社……這些建築物竟然比人類更早凋零了。但若是凝神細看，還是能找到過往殘存的痕跡，比如說三線道還是一樣筆直，讓光子可以行走其上，意外的是，本來會痛的腳不痛了，至少沒那麼痛。如果這樣走下去，說不定就可以回到她下榻的飯店。光子決定試試看，能不能靠自己的力量走回去。反正要是失敗了，招手叫計程車就好了。路很單純，只要忽視那些招牌、店面，那麼方向是不會變的。就像是最後的那個晚上，月秋、邦子都還在她身邊，更小的時候，父親會匆忙地前往報社，母親沒完沒了地購物，哥哥囂張地穿著木屐……每邁開一步，光子就能感受到有一小部分的自己甦醒了，午後的雷陣雨、草地的潮濕氣味、榻榻米底下的百褶裙、帶進防空洞的雜誌。——為什麼自己沒想到早點回來呢？實際到了這裡，才發現一切並沒有想像中那麼可怕，自己可以穩穩地踏好每一步，就算路的盡頭，已經沒有神社能參拜，但能跟記憶裡的這些鬼在一起，也沒什麼不好的。

總理就職彼一日

朱宥勳

（上篇）

如果黃瑞成還有什麼遺憾，大概就是沒能讓父親一起參加總理的就職大典。

此刻的他，正坐在舊總督府前面的廣場上。四年前，總督府早就不是總督府了。日本人離開之前，這座在黃瑞成唸公學校時參觀過的建築，早已被美國轟炸機炸跑了總督。等到日本人離開了，它也還是維持著戰爭期間的樣子。那時候，國民黨來的大官不願進駐，他們嫌它殘破，而寧可到舊台北市役所辦公。但就從去年年底開始，在社會各界踴躍捐輸下，舊總督府的修理進度猛然奮進，就為了今天的總理就職大典。從今天起，舊總督府將不再是總督府，而要成為總理府了。

黃瑞成忍著熱淚，環顧往來進出的人們。就職大典的時間近了。穿著白色洋服、絲質手套的禮賓司人員穿梭在會場。舊總督府前的廣場搭起了遮陽也遮雨的棚架，不只是官員、將領和盟國的外賓能安然上座，在建國艱難時期出錢出力的各界頭人們，自然也有一席之地。

接著，就是不屬於上述達官顯要，卻也捏著一張第一排邀請的，像黃瑞成這樣的人。

……如果父親還在，這一張邀請函，還能再帶一人進場……

黃瑞成仰起頭，用雙掌按壓著自己的眼睛。這不是適宜落淚的日子，就算落淚，也該是為了快樂的緣故。這是台灣民主共和國終於建立的日子，這只能是個澎湃的日子。那些正在入座，衣著高雅，心思跟言語都萬分敏捷的人們可以證明。但是，為何黃瑞成還是覺得，自己的孤單快要淹沒了應有的快樂呢？如果還能再帶一人進場，除了父親，那他還能選擇誰？周誠？還是清子小姐？

不。誰也不能了。對不起，黃瑞成在心底說，在這沒有人會落淚的就職大典上，對不起，如果一切能夠更早開始……

❧

如果可以更早開始，黃瑞成也許會選擇和父親去圓環的彼一日。那是一個稍微不普通的

晚上，他清楚地記得在圓環的小攤邊，和父親對坐的細節：兩人各一碟炒米粉、還切了一副豬肺、一副大腸和一副豬頭皮。在熱氣蒸騰的薄木板邊，父親向夥計再要了兩矸三多利酒。初春的日子裡，冰鎮過的麥酒是刺激了一些，但父親毫不猶豫斟了兩杯，一杯推向黃瑞成，一杯仰頭而盡。父親臉面上浮泛了少有的赤紅色，不知是因為熟肉，是因為小販滾熱的大鼎，還是因為冒泡如沸的酒液。

「今後就是成人了。來！」

黃瑞成驚喜接過。戰爭以來，終戰之後，市面的景氣從未好轉，反而每況愈下。雖然父親在清子小姐家做事，衣食從不匱乏，但這麼豐盛的一餐，也是不常見的。更別說一向禁止他喝酒的父親，這樣乾脆地向自己舉杯。

他鼓起全部氣魄，像是要把未來的生活一口吞下那樣，把金黃色的酒液通通灌入喉頭。一股苦澀卻冷冽的味道湧進身體裡，並不只停在喉頭。他略有些嗆，卻沒像小說裡描述的那樣，真的咳出眼淚來。他可以忍住咳，就像他可以在一百多名的應試者裡，搶到僅有八位的名額，成為港務局的員工那樣。他本來不抱期望，但生活比他以為的更加神奇，讓他這麼一

個書讀得不算太好的青年，能在一片失業潮裡吃上一份公家飯。他把酒嚥下去，他強壯的身體可以承受。這副身體讓他在體能測驗裡脫穎而出，他是考生裡扛了最多沙包上船艙的人，他也是唯一能夠一手握著一條縴繩，把它們舞成波浪狀而面色不改的人。

筷子起落，玻璃杯空了又滿。黃瑞成在心底，滿溢著大聲唱歌的衝動。但他知道，斯文的父親今天再怎麼開心，恐怕還是會對這樣的醉漢行徑感到不悅的。於是，他只好在心底小聲唱著，唱著港務局面試時，那唯一、卻考倒了不少人的考題——用國語全程唱完的國歌。光憑體能測驗的分數，他恐怕也是沒辦法及格的，因為他知道有多少中學生來報考；據說還有高等學校的畢業生呢。但是，就這一題，剛好就這一題，是父親在終戰之後，立刻要他唱熟了的。父親是在清子小姐家學會的，頭家從市街上買了唱片，整日在厝內播放。父親一個音一個音教他，要他用片假名先記下：三民主義，吾黨所宗……

這一切，讓父親說出「今後就是成人了」這句話，讓他喝到了生平第一杯酒。

父子倆搖晃起身。冰涼的酒液，如今已化成一層薄薄的熱氣，使二月的台北街道有著剛剛好的涼爽。父親拘謹的外套起了皺痕，也難得地沒有撫平。黃瑞成覺得自己沒有十分醉，

但每一踏步卻也沒有十分的把握。但至少，他們還沒有喝到需要互相攙扶的程度。

忽然，黃瑞成發現前面的街角聚集了一群人，似乎有什麼熱鬧可看。父親平時是最不願看這種熱鬧的，管家的工作讓他養成了迴避麻煩的習慣。然而今天或許是喝得多了一點，父親竟沒有阻止黃瑞成湊近去看。在半圓的人群裡，一名擺攤的婦人趴倒在地，兜賣的香菸雜物散亂一地。幾個身著制服的人員，正厲聲叱責著什麼。黃瑞成聽不清楚，他想再靠近一點。他奇怪怎麼連婦人的哭聲都聽不見，明明滿臉的淚花。他再靠近了一點。

「放手！」被婦人纏抱的制服人員大喝：「我叫妳放手，聽到沒有！」

婦人也許跟黃瑞成一樣醉了，什麼都聽不清楚，所以仍緊緊抱著其中一位制服人員的大腿。算了吧，黃瑞成想再往前一步，告訴那個背對著自己的制服人員，算了吧，婦人可能只是喝了點酒，不必那麼生氣。然而他還來不及說什麼，制服人員便從懷裡掏出一把手槍，狠狠以槍柄重擊了婦人的頭部。第一下在前額，悶悶的，看似不算嚴重。第二下是太陽穴，或者也毆中了眼睛？血花噴濺了出來。第三下，黃瑞成發誓自己看見了，第三下，那人舉起了槍，準備對婦人開火。

黃瑞成來不及想，來不及想父親也來不及想自己，身體比念頭還快，自己已經疾奔向前，從背後擒抱住制服人員。手槍猛然開火，打碎了不知哪棟房子的一面窗。群眾突然像是沸鍋一樣發出嘈雜的譁聲，而黃瑞成只知道要拚命壓制懷裡這個人。對方踢著腿，揮舞手上的槍，卻沒辦法射擊身後。婦人這下終於願意放開手，瑟縮在一旁。黃瑞成想起港邊的沙包，想起了父親，這一想驚醒了所有醉意。慌忙之下，黃瑞成一閉氣跺地，把懷裡揮著槍的沙包往人群一甩，也顧不得後續，回頭拉了呆滯一旁的父親就跑……

不。他沒有這麼做。

如果可以回到彼一日的圓環，他也許會這麼做。如果這麼做，歷史可能會提早啟動五分鐘，因為群眾的血性會提早被激發，就不會等到國民黨開了第一槍，人們才開始惶惶然地聚在一起開會。他相信這會是關鍵的五分鐘。也許，甚至，國民黨根本來不及開槍，就像他那一抱阻止了一發本來會打到人的子彈。頂多就是打破一面不知道在哪裡的窗。

如果歷史可以這樣改變，父親就不會死於那場驟雨般的掃射了。

❦

如果不能更早開始，黃瑞成也還是會偷偷潛回大稻埕的家裡，在頭家的安排下，漏夜逃往基隆。因為他是有工作的人了，他會記得父親血液流盡之前的叮囑，要他好好保護自己。他一時之間，無法衡量是心中的悲痛與仇恨比較巨大，還是父親要他安分壓抑的遺願更沉重。他無法決定，於是只好先假裝什麼事都沒有，離開沸騰如粥的台北，到港務局報到。

黃瑞成會依照原來的計畫，住進基隆港邊風景絕美，室內卻卑濕狹小的宿舍裡。同一宿舍還有二十多名跟他差不多年紀的青年，超過一半說著比他更流利的國語。他們向剛從台北來的黃瑞成打聽消息，但黃瑞成堅持自己的假裝。

「你沒聽收音機？」

黃瑞成搖頭。

「聽說台北已經打起來了。台中、高雄也是。」

黃瑞成睜大眼睛，這時他倒不必假裝了。

「看來，」一直向他搭話的、國語流利的外省青年說：「我們這裡遲早也得打算了。」

打算什麼呢?父親在世的時候,黃瑞成只想要有一份公家薪水,養那拘謹的老管家父親。父親不在之後,這份工作更是有了遺言的重量。如果還有些別的什麼,那也許是,希望自己下次回家時,能買一身好一點的衣服,讓清子小姐驚訝一下。他知道,最多也就只是驚訝一下下而已,但如果清子小姐能夠因此有一秒沒那麼悲傷的表情,他就覺得萬分值得了。

然而,其他青年似乎不是這樣想的。由那位國語流利、名叫周誠的外省青年為中心,有股黃瑞成無法理解的氣氛在湧動著。當黃瑞成依上司的排班,在愈加嚴格的警力保護下,學著如何操作港邊的機械,協助並未因為市街動亂而停班的船隻入港時,周誠卻不斷說著一些艱澀難懂的話。

「我知道你也討厭我們。」

「沒有。為什麼?」

「國民黨這樣對你們台灣人,難道你不恨我們外省人?」

「……我不知道。可是,開槍的又不是你。」

周誠嘆了一口氣。

「其實,你真應該恨的。別說你恨,我也恨之入骨。」

「……」

「在我的家鄉，國民黨也是這樣，派那些『外省人』……」

「……」

「他們囂張不會久了。我跟你保證。」

如果能夠回溯時間，黃瑞成會告訴當時的自己：不要擔心，那是台灣共和國的第一個徵兆。但他沒有，所以當時的黃瑞成只能保持沉默，寄望自己聽過的一切，都融化在記憶的海潮裡，不被任何人發現。

然而，先到來的是另一種浪潮。黃瑞成在某天夜裡被搖醒，是周誠與他所相熟的那群青年。他們手上有槍，手槍，步槍……黃瑞成在昏昧的睡意下，認出裡面竟有白天戒備港口的駐警。那周誠當然會有槍了。整個宿舍的青年躡足踏出木造平房，帶著一種虛浮如夢的緊繃，掩進了港區的一座倉庫裡。

黃瑞成懷疑是不是只有他一人不知道目的地，但隨著意識的漸漸清醒，竟然也慢慢覺得自己理所當然該參加在這支奇怪的隊伍裡。他不是沒有疑惑，更不是沒有猜到。毋寧說，正

是因為只是猜測，所以黃瑞成可以假裝自己並沒有違抗父親的遺言。如果他一直不問，也就能夠一直保持模糊，讓自己彷彿隨波逐流，實際卻踏上被壓抑著的復仇之路……

一位駐警打開了倉庫鐵門，周誠領頭一湧而入，整片庫房裡布滿了木條箱子。接著，夥伴們傳來了此起彼落的驚呼。

「這都是日本狗留下來的？」

「是。顏先生花了五十萬，就改登記為廢鐵了。」

就算黃瑞成書讀得再差，他也知道這幾十箱東西絕不是廢鐵。撥開填充物後，箱內是一顆顆巨大的卵形鐵球，每一顆都足夠一名小學生蜷身進去。球外長著鈍刺，很像黃瑞成曾在清子家裡見過的醫學書插圖，簡直就是放大了數百萬倍的細菌。

黃瑞成和其他人在周誠的指揮下，徹夜將木條箱子運上推車，一路直送碼頭。這支暗夜裡的車隊，除了車輪的轆轤聲以外一片靜默，但黃瑞成感覺到氣氛比一開始亢奮得多，彷彿每個人胸中都有什麼奔湧欲出的東西。到了碼頭邊，已經有幾名身材壯實的男子抽菸等待

著。周誠與駐警一番交涉後，木條箱子又依序運上鐵船。

黃瑞成依稀聽到，周誠和那些男子說的是日本話——他會講日本話？

鐵船點起馬達出海。夥伴們在周誠身邊圍成半圓，一個個眼中溢滿了光。

「大家做得很好。回去好好睡一覺，明天再來大幹一場。」

或許是過於疲憊，黃瑞成那一晚睡得很沉，直到將近上班的時間，才瞿然驚醒。怎麼沒有人叫他？黃瑞成匆忙更衣，卻赫然發現宿舍裡的夥伴們早都醒了，一個個衣著整齊，卻沒有任何一人離開宿舍。他還來不及開口詢問，港邊的方向忽然傳來一聲炸響。靜默數秒後，炸響聲連珠般湧出，彷彿有某一大力神，掄起巨鎚猛砸地面，一砸、二砸、三砸……

就在連環的爆炸聲中，周誠抱著槍走進宿舍。他一臉肅然：「開始了，兄弟們。」黃瑞成這才想起來：傳聞中，今天是國軍第二十一師抵達基隆港的日子。

＊

如果黃瑞成早些起床，和周誠一同站到宿舍屋頂瞭望，他就會看到國軍二十一師的運輸艦於拂曉靠近。他會立刻明白：昨天那些操日語出海的男子，可能是在基隆港滯留未歸的前日本水兵。

他們極有效率地在基隆港近海處布滿了水雷，讓整個港區水域像是被卵形的鋼鐵細菌感染了一樣。銜命全速進港、力求盡快平定叛亂的二十一師運輸艦，並不把基隆港當作需要提防的水域，瞬間就有兩艘兵船中雷。黃瑞成會看到其中一艘船的側腹被炸開一道口子，海水源源不絕灌入；艦身急速傾斜，甲板上、艦塔上的水兵像螞蟻一般被抖落海面。第二艘船僥倖靠到更近岸之處，還帶著一種不知所措的困惑氣息，正要緊急停船之時，艦首剛好撞上了第二發地雷。它像孩童的紙船一樣，被水雷激起的猛浪橫甩出去，隨即磕磕絆絆地擦撞了第一艘運輸艦。

這時候的連環爆炸，就分不清楚是海面下的水雷，還是海面上的艦船殉爆了。黃瑞成腦中閃過台北大爆擊的那一陣子，米機從空中灑落的機槍彈、燒夷彈，他親身體會過那樣的轟

炸，但跟眼前的景象相比，記憶竟然變得毫無實感了。人類是擁有這麼可怕的力量的嗎——那是我們做的，所以是我們所擁有的力量嗎？

兩艘巨大的運輸艦很快便斷折、破碎、沉沒，橫亙在復歸平靜的海面。光是黃瑞成能夠看到的，後面就還有六艘兵船等著入港，卻被打頭陣的兩艘阻住了去路。過了一陣子，第三艘兵船試探性地靠近，試圖打撈海面上蠕動著的，溺水螞蟻一般的士兵。十米、二十米、三十米、一百五十米……救援船小心翼翼劃開水面、使黃瑞成心臟揪緊，不知是要祈禱它再次觸雷，還是祈禱它能避開災厄。然而事態並不等待黃瑞成的祈禱。正當第三艘兵船靠得夠近，開始放下救生艇時，一陣大浪斜斜打來，船身猛烈一晃，艦尾旋即轟然炸響。

就算黃瑞成來不及看到這一切，他也會在此時看到周誠走進宿舍，遞給他一桿三八式步槍。他的腦袋裡先閃過了清子的臉，感到某種因柔情而產生的膽怯；隨後浮上來的是父親的臉，這讓他想起自己不是第一次聞到硝煙和血的氣味了。假裝與猜測終於到了不得不撤除的時刻。他可以的，他有足夠的勇氣邁向第二次成年，即使這必須以違背父親的遺言為代價。

在三月初的海風裡，那是黃瑞成第一次端起槍。不是在日本時代，被強迫軍訓時拿過

的，扮家家酒似的假槍，是真正能夠擊發的步槍。

他和夥伴們走向碼頭，向著水面上所有能動的東西射擊。

❧

「三月八日的這場戰役，史稱『基隆封鎖作戰』，是台灣共和國成立的第一場關鍵戰役。在這之前，各地的『二二八事件處理委員會』還處於戰和不定的狀態，行政長官公署也就能夠藉此離間各派，以拖待變。但周誠所率領的『基隆守備大隊』改變了這一切。他們成功以日本人遺留下來的軍火阻擊毫無防備的二十一師，部分被擊毀的運輸艦殘骸成為封鎖海港的天然屏障，缺乏兩棲作戰訓練及準備的二十一師只得撤回福州待命。一直到獨立戰爭結束，基隆港都一直處於封鎖狀態。消息傳到全台，是戰是和此後不再是問題，街頭上紛紛掛起了『台灣是台灣人的台灣』之書法標語，唸過漢塾的老先生們也湧起了溫涼多年的熱血，毫不猶豫在布幅上落款。各港口城市紛紛效法基隆守備大隊，或挖掘日軍庫存之水雷，或於港中鐵船安裝炸藥，一待中國兵艦靠近便引爆……」

黃瑞成坐在總理就職大典的觀禮席上，感覺早晨的陽光一點點化開濕冷的台北空氣。手中的節目冊用了二十頁的篇幅，細數獨立戰爭之中的十大關鍵戰役。位居第一的，就是他懵懵懂懂參加的「基隆封鎖作戰」。今天，他正是以參戰老兵的身分受邀觀禮的。令他驚訝的是，周誠的名字竟然還留在官方文宣裡。不過，這一驚訝感很快就被一股羞赧的浪潮淹沒。廣場上負責擴音的人員開始測試機器，黃瑞成冷不防聽到自己的聲線穿透了整面廣場：

「只要我同胞團結固守，以台灣海峽之險峻，台島物資之豐足，必能斷絕國民黨暴虐統治，重回亞洲第一民主共和國之榮光。我們不分彼此，不問出身，凡以台島生民為念，都是我們的同胞。呼籲各地同胞速往所在地之守備大隊登記，充實家鄉防衛力量……」

這是「基隆封鎖作戰」一週之後錄的一段廣播。那時，黃瑞成和一群前港務局的夥伴，跟著周誠到台北參加「全島總團結大會」。來自各大城市的代表齊聚公會堂，每個人都感覺自己正在參與一個呼之欲出的歷史時刻，卻又疑懼是否有什麼沒注意到的敗壞之跡，潛伏在思維不及的暗處。大會的第一個高潮，就是「基隆守備大隊」總指揮周誠報告封鎖作戰的經過。周誠嗓音帶著淚意，聲腔卻依然有力，鏗鏘地控訴國民黨在他家鄉的惡行，並誓言團結全島民眾，絕不再讓台灣蒙受同樣的悲劇。報告的最後，周誠奮力揮拳，彷彿扯裂了白襯衫也在所不惜那樣，呼

籲廣大的勞動兄弟加入革命的行列，與世界爭自由、爭平等的潮流站在一起……

掌聲炸響。一位身著洋服的中年紳士在此時將周誠請下台，他們禮貌地握了對方的手，卻沒有更多交談。那時候的黃瑞成並不會知道，他就是後來的總理。但總理也許在那個時候已有某種預感。如果黃瑞成足夠專注，也許能夠感覺到，未來總理當時一舉手一投足的紳士作派裡，似乎早早蘊藏了某種信心，以及戒備。

不過，黃瑞成卻一直處於恍惚分神之中。他盼望大會早點結束。他不習慣這種場合，人聲嘈雜卻衣冠楚楚。幾度恍神，他腦中都浮起想要回家一趟的念頭，回去看看父親……隨即就是一陣錐破心肝的裂痛。孩兒立功了，但孩兒不孝。事變發生之初，清子小姐一家好心安排他連夜離開，要他假裝無事到基隆就職，一切後事都交由清子小姐安排。他們不會虧待多年老管家的。現在呢？他可以回去了嗎？現在局面好像很不一樣了，那位紳士所領導的「台北二二八事件處理委員會」已經進駐市政府，眼看二十一師無法登陸，台北市的警察局長立刻與紳士達成了某種協議，據說陳儀的屈服也只是時間問題了。他錯過了父親的頭七，但可以不錯過更多。黃瑞成想，也許應該買一瓶三多利酒，斟在靈堂前。

並且，還可以見到清子小姐。

黃瑞成有些愧疚地發現，一旦清子小姐的面孔浮起，心肝的裂痛便會減輕不少。

然而，當「全島總團結大會」在口號聲中結束後，洋服紳士卻雇了幾部汽車，邀請周誠一行人到台北放送局。「有諸位的獻聲呼籲，想必全島民眾更能結成一心吧！」洋服紳士如此邀請著。黃瑞成已隨父親乘坐過清子小姐家裡的汽車，並不特別興奮。但一同前來的港務局夥伴個個眼睛放光，就連周誠也有點拘謹了起來，這讓黃瑞成開不了口拂逆大家的興致。在車上，洋服紳士說，他們已經準備了台灣話、廣東話和日本話的放送錄音，但考慮有不少外省同胞也加入了保衛台灣的行列，必須再錄一個北京話的版本。洋服紳士的用詞是「北京話」，黃瑞成過了兩條街才明白過來，他指的是「國語」。

「這是應該的，」周誠微微頷首，用標準的腔調說：「您的考慮很周到。」

進到台北放送局，洋服紳士似乎已做好了全部安排，放送局的人員遞上一份文稿，顯然就是「獻聲呼籲」的底本了。周誠微微一笑，接了文稿就往錄音室走。不料紳士的聲音悠然響起：

「我想，還是由黃桑來讀吧？」

時至今日，黃瑞成已經忘記自己是怎樣被推進錄音室，怎樣在那從牆壁到椅墊無不軟綿無骨的密閉空間裡，完成了錄音任務。怎麼會是我？應該是周誠啊，是他找到了水雷，是他找到了槍，是他帶著我們到倉庫裡，最後把水雷交給日本水兵。更重要的是，要讀「北京話」的稿子，怎麼可能不是周誠？他渾渾噩噩，整場錄音都難忘周誠錯愕的眼神。但洋服紳士、周誠和港務局夥伴都被隔絕在外，一點聲息都透不進來。他顫顫簸簸地，用不是很純正的腔調唸稿：

「我們不分彼此，不問出身，凡以台島生民為念，都是我們的同胞。呼籲各地同胞速往所在地之守備大隊登記……」

在錄音室裡，他向操作機器的工程師道歉，他覺得自己唸得糟透了。

「別這麼說，頭家就是要這種的，大家聽起來才親切嘛！不然聽到外省仔的腔，還以為是國民黨贏了咧。」工程師咧嘴一笑，散出幾絲菸味：「你慢慢來，一次不順，可以重來幾次。

這可是要放送給全島聽的。」

「放送」。「全島」。一整天聽了幾百次，人們口中紛紛云說的「全島」，突然因為「放送」這兩個字，精準敲進了黃瑞成的心頭。全島都會聽到，每一台收音機都會聽到。黃瑞成之前只見過一台收音機。那就是說，清子小姐會聽到了。黃瑞成的神思忽然飄飛到很遠的地方，他彷彿看見清子小姐坐在閨房內，他的聲音先於他的人進入了那處溫柔的所在，清子小姐專心聆聽，並且漸漸因為認出自己的腔調而變幻著表情。一向是聆聽一方的管家之子，此時竟然倒轉了位置，能對清子小姐說出一些了不起的話了。如果是這樣，那或許，之後的自己，還能和清子小姐說更多不同的、以前從不敢想像的話也說不一定。革命原來是這樣的嗎，做一件偉大的事情，然後改變一切……

至此，黃瑞成終於忘掉周誠的眼神。他再次拿起稿子，從頭開始咬字前進：「敝人黃瑞成，在此稟告全島鄉親，『基隆守備大隊』已經成功阻擊國民黨軍第二十一師……」

後來，黃瑞成就再也沒回過基隆了。

周誠和港務局的夥伴也沒有。在那位紳士安排的豪華飯店裡，他們住了下來。紳士說，全島新聞界都對他們很感興趣，他們可以留在台北全力激勵人心，基隆的防務是不必擔心的。周誠的臉色非常難看。他們一人一間單人房，這次就連黃瑞成都感到受寵若驚了。

但是，他還是想回家，想跟父親上香，想問問清子小姐有沒有聽到廣播。在他被內心忽而悲苦、忽而甜美的盼望困到喘不過氣時，他便會打開飯店送上來解悶的收音機。電波的爆音和播音員的聲音混在一起，就像是每個人都站在曠野狂風中，過於興奮地嘶吼：

傳聞國民黨重組艦隊，正由福州港出發，全台各地守備大隊已加強警備。

台北的美國領事館發出聲明，不會坐視違反人權之事，呼籲雙方捐棄成見，為和平的未來而協商。

鑑於終戰之後米價騰貴，各地臨時議會共同決議，終止所有米糧輸出，並比照戰時配給

體制調節。

近日瘧疾肆虐，××蔘藥行備有良藥一帖……

只要我同胞團結固守，以台灣海峽之險峻……

猝不及防的，黃瑞成會聽到自己的聲音。那不知道該說是熟悉還是陌生的腔調，原來別人聽見的是這樣的自己。也往往在這時候，黃瑞成會聽到隔壁周誠房間裡傳來暴躁的踱步聲。

踱步聲像刀剁砧板那樣讓黃瑞成害怕。但是他想，他還是應該當面向周誠道歉。

可是，每當他推門出去，卻總是會迎面撞上好幾雙友善的眼神。黃瑞成不認識他們，但知道他們腰間都配著手槍。外面亂，飯店還是不夠安全，這是頭家的一點心意，他們說。不管黃瑞成說自己想回家，想去對街買點麵茶，還是僅僅想去隔壁周誠的房間，他們一概友善地說：這要問問頭家的意思，同時露出為難的表情。頭家，黃瑞成這才想起來，錄音室裡的工程師也說了一樣的話。那位洋服紳士，恐怕是比清子小姐的家族更富有吧？除了這個念

頭，黃瑞成什麼辦法也想不出來，只能頹然蝸回自己的房間。

某個黃瑞成已經失去時間感的午後，他仰臥在飯店柔軟的床鋪上，不知第幾次回憶自己唸過的那篇廣播稿，並且一一糾正記憶中，自己所有的發音錯誤。門外忽而傳來一聲重物撞擊的聲音。然後是聽不清楚，但明顯帶有攻擊意味的喝斥聲。最後是槍聲。乒乒乓乓七、八響，間雜著喘息與格鬥的沉悶聲響。黃瑞成還正遲疑要不要開門，一切卻又復歸平靜了。是周誠，一定是。黃瑞成想起在基隆港的宿舍裡，他威風凜凜持槍進來的身姿。「快出來，我們趁現在快走！」那是有點遙遠、刻意壓低的呼喊。黃瑞成一躍而起，順手抓了幾件行李。但就在這一瞬間，黃瑞成聽到廊道裡的拍門聲——那個應該是周誠、擊倒了軟禁他們的警衛的人，逐一拍響了每個港務局夥伴的單人房，將他們通通引出房間。

但是，他沒有拍黃瑞成的門。

於是，當周誠一行人疾走離開飯店，躍上大街時，黃瑞成卻是孤身一人，倚在這三樓高的單人房窗邊，看見港務局夥伴們像一個緊密無間的祕密團體，以一種謹慎的隊形橫越了馬路。黃瑞成感到一種揉合了委屈、痛楚、愧疚和恨意的複雜心緒。他後悔，卻不知道該後悔哪一個部分。

他想起了父親的遺言，也想起背叛遺言的瞬間，想起「今後是成人」的那口麥酒的澀味⋯⋯

忽然，他的心跳聲猛爆起來，彷彿從他身體內部噴湧而出，搖撼了整個台北市。不，那並不來自心跳。那些巨響、震波、火柱、爆炸以及倉皇的哭喊⋯⋯

如果幾分鐘之前，周誠有來敲黃瑞成的房門，或者黃瑞成有不顧羞愧的勇氣，猛然開門⋯⋯這時候的黃瑞成就會和所有夥伴一起待在街面上。如此一來，他們就會一同遭遇台灣共和國獨立戰爭當中，傷亡最慘重的一次轟炸——國民黨的軍艦和軍機一起開火，以將近當年台北大爆擊的規模，將彈藥砸向台北市街。如此一來，就沒有人能回到基隆，黃瑞成也沒有機會參加兩年後的總理就職大典。但即使黃瑞成沒有死於這場轟炸，他也沒能再見到清子小姐了。據說，那幢父親服侍了一輩子、黃瑞成也習於進出的洋房，最後只剩下一株焦黑炭化卻不倒的老樹，還能夠認出一點點曾經有過的氣派。

❦

在這沒人會落淚的就職大典上，黃瑞成掙扎著站起身。

他看到那位紳士進場，走向另一側更靠近講台的特別席。再過幾個分鐘，那位紳士會再次風度翩翩地上台致詞，然後在一些黃瑞成並不清楚、但必然精心安排的儀式之後，他將就任台灣共和國第一任總理。

在那之前，黃瑞成想向他說幾句話。

——但或許，黃瑞成不只是想向準總理一人說話。

為什麼不呢？講台這麼近，典禮又還沒開始。

況且，黃瑞成又不是沒有向全島民眾說話的經驗。

他的右手支起拐杖，緩慢但堅定地往講台上走去。在獨立戰爭損失最慘的那次轟炸裡，被未來總理招待、蝸居在飯店房間裡的他，右腳橫插進一陣因震爆而產生的破片。不是什麼嚴重的傷，卻因為那時醫院完全爆滿，延誤了治療的時間，使他此後必須永遠拄著拐杖。

他一步一步向前，緩慢到幾乎可以說是莊嚴。穿著白色洋服、絲質手套的禮賓司人員，是直到黃瑞成站上了講台，才赫然發現這樁不應該發生的插曲。控場的司長從大半個廣場外接到消息，小跑步衝往台前。而其他沒有接到命令的人員，則呆滯在原地，不知如何是好。如果黃瑞成是持槍的匪徒，如果黃瑞成是呼喊反動口號的阿山仔，訓練有素的警衛會毫無遲疑地撂倒他。但是，如果站上講台的是參與過「基隆封鎖作戰」的戰爭英雄？這可不在原來的計畫裡。

最終，黃瑞成伸出不須拄著拐杖的左手，將麥克風拉到唇前。經過一場戰爭的摧殘，他已經沒有當年投考港務局，扛動沙包之時那麼英挺了。他和全國人民一同度過了停頓的數秒鐘，卻只有他的腦中掠過了所有的如果和結果，所有已經聽不見任何一句話的面孔。

「今後就是成人了……」

話只說到這裡，黃瑞成便在講台上嚎啕大哭，沿著拐杖委頓在地，像是被突然湧上的醉意擊潰了那樣。

（全文完）

（下篇）

「所以，人已經帶到了？」

「是的。」

陳紀瀅點點頭，示意祕書可以離開。他有兩個身分，也就有兩個辦公處。現在，他正待在「中國文藝協會」的辦公室。比起立法院撥給每一位立委的研究室，他更偏愛在這公文卷宗稀少、架上填滿書籍之處盤桓。「中國文藝協會」是前年成立的機構，名義上的會長是張道藩公，實際上每個人都知道，道公平常忙於立法院院長的公務，平日會務是由陳紀瀅主管。兩人為立法院同僚，又同參協會事務，自然是政情通達，令出則風行草偃。而在草創初期，最重要的會務之一，該當是「『五四』紀念文學獎」的發放了——這是光復以來，台灣第一個官方的文學獎，對於推進反共文藝政策之成敗有著指標性意義。在過去數個月密集的宣傳下，「『五四』紀念文學獎」收到將近兩千件各類投稿，可以期待一份漂亮的成績單……

本來應該是這樣的。如果沒有收到〈總理就職彼一日〉這篇小說投稿的話。

立法委員陳紀瀅在公餘之際也寫小說，他是真有文學底子的，可不是外行指導內行的文藝官僚而已。前兩年出版的《荻村傳》就是得意之作，一時之間催動了反共小說的風潮，仿效之風大盛，績效更勝百篇文告。說實話，陳紀瀅自己是對《荻村傳》不夠滿意的，特別是結局。為了呼應政府，他把原來更抒情憂傷的草稿抽掉，換成了更明確描寫共產黨治下，世界如何陰慘的段落。不滿，但值得——小說的藝術性或許是稍微減損了，不過政治教化意義卻增添了不少。

陳紀瀅是這樣想的。面對這樣的大時代，作家就應該這麼想。

然而，〈總理就職彼一日〉卻全然逆向而行，不但不反共，甚至隱隱然有共產黨的祕語伏線。平心而論，這篇小說文字不惡，敘事謀篇也有些可看性。但內文所敘之「台灣共和國」、「獨立戰爭」云云，通通都是不知伊於胡底的幻想，而且是可能槍斃的幻想。這位作者顯然是一名心懷怨毒的本省青年——應當是青年，中老年人不可能有這麼好的國文程度。小說從二二八事件寫起，以蒼白拙劣的情節，幻想當時的暴徒能夠封鎖港口，阻止國軍登陸，進而

謀求獨立……陳紀瀅雖然沒有正式當過一天兵，但幾年祕密通訊員的歷練，已讓他一眼就看出：執筆者絕對是沒打過仗、沒逃過難的空想文人。

但最讓他不安的是，這些情節雖然在現實上沒那麼容易實現，在小說本身的邏輯上，卻是成立的。至少，它所虛構的現實，並不比這幾年中國文藝協會大力獎助的那些反共小說虛幻多少。毋寧說，它的危險就在於，它並不純粹現實，也不純粹虛構。它只是寫了一種可能，一種陳紀瀅從未考慮過，直到此時才意識到「原來你們台灣人是這樣想的」之可能。就像是赤腳在房間裡走了好幾天，才突然發現，地板上不知什麼時候開始，早就有一塊銳利的破玻璃片。你不知道有玻璃片便罷，一旦知道了，就不能不有一種後怕。

這樣一篇怪異而危險的文字，竟然通過文學獎初審人員的審查，送到了決審委員手中。這可讓陳紀瀅大大出了一次醜。是，他沒有特別要求初審人員不可放行思想有問題之作，但這篇小說之公然提倡叛亂，已遠超出「有問題」的程度，難道這還需要陳紀瀅親自提醒，才知道要剔除？

總之，陳紀瀅為此三度向道公請辭以示負責。三度獲得慰留之後，陳紀瀅立刻聯絡了他

在保安處裡，一起在東北出生入死過的老友。老友效率神速，不過一個禮拜，就已經將投稿者拘到。

現在，人已經押到協會裡來了。

陳紀瀅走進廊道最深處的那間房間。沒有對外窗，距離樓梯也有好長一段距離，所以不怕人犯逃跑。保安處派來三名警衛，一名在房內戒備，兩名守在走廊上。陳紀瀅一一點頭招呼，便坐在人犯面前。人犯雙手上銬，眼神卻有一種詭異的狂熱，不像是陳紀瀅在任何一場審訊看過的樣子。不知為何，陳紀瀅竟感到一絲恐懼。但怎麼會是自己該恐懼呢？他清了清喉嚨，鼓起威嚴開口：

「你就是黃瑞成？」

人犯抬頭，竟然投給陳紀瀅一個好奇而無畏的表情，好像不知道自己大禍將至。

「你是不是寫了〈總理就職彼一日〉這篇文章？」

話音才落，人犯整個人激動起來，身體猛然前傾，手銬在桌面上刮出鋃鐺聲響：「你看過？怎麼樣，寫得還可以嗎？」

「所以你真是黃瑞成了。」

「那就要看你說的是哪一個黃瑞成了。小說裡面那個？還是小說外面那個？」人犯面露得色：「要我說，當小說裡面那個黃瑞成，會有意思得多。如果你讀過也會同意的。但你怎麼會讀過呢？我明明是投稿給了中國文藝協會……」

「因為我就是陳紀瀅。我代表中國文藝協會向你鄭重警告，你的文章蘊藏叛亂思想，意圖顛覆國家，已是死罪難逃。但念在國家愛惜文學人才，如果你能幡然悔改，誠實供述，政府寬大為懷，或許能不念舊惡，讓你棄暗投明。現在，請你說明……」

「陳紀瀅？你就是陳紀瀅？太好了！」

陳紀瀅皺起眉頭，心裡的不安逐漸擴大：「請你誠實供述就好，多餘的話不必……」

「你小說寫得真不錯。真的，雖然也是那套囉哩囉嗦的反共，但《荻村傳》很不錯的，至少前半本真是好。」

人犯一面說，一面閉眼仰頭，彷彿正在回味小說裡的字句。這一切都詭異到了極點——陳紀瀅本來打算親自審訊，問出一點由頭之後，整理一個說法跟道公報告，算是盡了戴罪立功、亡羊補牢之責，再隨便保安處怎麼折騰他。但這人犯不但完全不願意合作，甚至開始真心開始聊起小說，簡直就把此地搞成了「小說研究班」的教室：

「所以你到底覺得〈總理就職彼一日〉怎麼樣呢？是寫得好，還是寫壞了？」

一篇危險的小說。一名詭異的作者。本來是陳紀瀅要發問的，卻被反問得措手不及，一時不知該如何接話，場面尷尬地靜了下來。

不數秒，人犯臉上浮現了頹喪的表情。

「你不說話，哎，你也覺得寫壞了是嗎？是呀，我也這麼覺得的。這篇真的寫壞了。怎

麼會這樣呢？我本來都想得好好的——他們說，小說就是編故事。我想，編故事嘛，那有什麼難，大家喜歡聽假的東西，那我就剔掉所有真正發生的事情，欸，翻江倒海，通通顛倒一番不就成了？所以呀，黃瑞成不是黃瑞成，管家不是管家，阿誠不是阿誠，二二八不是二二八，台灣也可以不是台灣……」

「所以，你承認自己寫了那些叛亂文字？」陳紀瀅終於捕捉到一絲縫隙，急忙插話：「政府待人不薄，你為什麼會有這種十惡不赦的想法？」

人犯奇怪地看了他一眼，竟像是在責備他的唐突，然後自顧自說下去：

「因為小說可以這樣寫啊！一開始這樣想，不誇張，那真是下筆有如神助。寫到哪裡卡住了，我就開始想：真相是什麼？如果事情不是真相那樣，還可以往哪裡走？一條路，自己就浮現出來了，就像小說自己在寫自己，我只是把手借給它一樣。你懂的，你也寫小說嘛。可是，寫著寫著，小說卻開始喧賓奪主了，它不只想要我的手，它還要我的腦袋，要我的心。我說：我要讓黃瑞成身強力壯，因為現實的他早就在爆擊裡面炸壞了腿。它說好，黃瑞成可以扛沙袋，可以考上港務局。但到了小說中段，它卻偷偷導引我的筆，堅持要弄壞黃瑞成的

腿。基隆封鎖作戰那段，我寫了三次你知道嗎！第一次黃瑞成去搬水雷，誤觸機關，當場炸斷一雙腿。我撕掉重寫，不行，這樣又跟現實重合了。第二次黃瑞成站在港邊，舉槍射擊水際的士兵，結果槍枝走火——是啦他本來就不太會用槍——可是這一走火，又帶走一條腿！我氣到放棄整整三頁的稿子，乾脆不寫了！草草幾行了事。」

人犯要不是個瘋子，要不就是絕望已極的刁民，知道自己死到臨頭，乾脆豁出去玩弄這場審訊。陳紀瀅想。如果是刁民，他應讓旁邊的警衛給他一槍托，讓他安分。如果是瘋子——一個滿腦子都是「小說」的瘋子，那……聽下去好像也沒什麼損失？反正這人的日子也不多了，反正陳紀瀅隨時可以走，又何必急於一時。

思及此，陳紀瀅放寬了心思，不如順著他的話頭，陪他玩這場遊戲吧。

「難怪，我看你的原稿，就覺得腿傷的情節交代得太隨便。但我倒覺得貼著現實寫沒什麼不好，你經歷過，寫出來才傳神啊！」

人犯瞪大了眼睛：

「陳紀瀅先生！你怎麼會有這種想法！寫小說還不能跟現實相反，那還有什麼意思呢？我就是為了『相反』才寫小說的呀。我從不知道小說是這麼頑固、這麼壞心眼的東西。它簡直就是在說：好了，我可以讓你忘記一點點，但最後你還是得想起來的。就像你也曾經有過一個好朋友阿誠，你可以把他改頭換面，換出身、換經歷、讓他去做一輩子他從沒做過的事，但小說都知道，他就是阿誠喔，他就是會那樣對待你，他就是必須死在火裡面。就像你最後還是救不回黃瑞成的腿，你費盡全力也只能讓他恢復到依賴拐杖的程度。就算只救到這個程度，你也得付出代價，因此救不了別人，因為小說有它自己的意志，不管你撕掉多少草稿，它都能夠再次復生，並且再次接回原來的軌道……」

「但你還是虛構了一個假的『台灣共和國』。這可不是現實。」

「沒錯！」人犯表情一亮，卻又瞬間黯淡下來：「我也想了很久，為什麼呢？為什麼我改變不了每一個角色最終的結局，但卻可以改變台灣的結局呢？大概是因為，不管這件事是真的還是假的，結局怎麼樣，都離小說很遠很遠吧。那是小說沒有辦法綁架的東西，反而有真正的自由。就像清子小姐，到底為什麼，我會救不了清子小姐呢？一個就好，如果只能救一個，我願意拿整個國家的命運去交換清子小姐，但是……如果是你，你會怎麼讓清子小姐活

下來呢？你，中國文藝協會最有力量的小說家，也許你會有辦法吧？」

陳紀瀅下意識地以右手托腮，並且將嘴唇包覆到掌心內。這是他寫作時的習慣動作——當他在構思下一段情節的時候。傻常順兒的結局，就是這樣想出來的。他是認真在尋思〈總理就職彼一日〉的內容了，就像年輕時與一二文藝界的好友，聚會批評彼此的文章一樣。這遙遠的熟悉感，讓陳紀瀅感到一種久違的興奮。中國文藝協會的位子太高了，往來的要不是成名作家，要不就是期待他提拔的新秀，多久沒有這樣認真談文論藝。如今，竟然在這祕密的、違法的審訊場合裡重溫。陳紀瀅心中有股荒謬感，但他不讓這種感覺破壞這微妙的一刻，開口說：

「如果不改太多的話，我覺得可以讓清子小姐，與那位洋服紳士有所連結。清子小姐的父兄，可以是洋服紳士的世交，甚至是世仇也可以。不避俗套的話，還可以讓洋服紳士垂涎清子小姐……不管怎麼樣，只要這兩個角色有所連結，洋服紳士就會出力保護清子小姐，而黃瑞成的卑微無力，也可以拉到另外一個層次。」

「你果然是有功夫的！可惜啊，他們沒讓我帶稿子來，否則就能讓你幫我看看了。其實，交給你們的根本不是完整的小說，我家裡還有兩倍、三倍的草稿。你講的這個方法，其實我

試過了。但這有個問題，就是我把那場砲擊寫得太盛大了，這似乎讓『一切都將毀滅』成為唯一合理的結果……當然，如果清子小姐和洋服紳士一起行動，為了讓這位未來的總理能夠就職，結構上就不可能允許他被炸死。可是，對黃瑞成來說，這樣的清子小姐也跟死去沒有兩樣了，你明白嗎……」

「所以你最在乎的，根本不是清子小姐的性命，而是黃瑞成能不能得到清子小姐嘛。」

人犯羞赧一笑，沒有否認：

「我還試過這樣的版本：黃瑞成在飯店裡，遇到台北市街被轟炸，他並沒有在那裡受傷，而是立刻跑出飯店，直奔清子小姐家——你看，這不是一次解決兩個問題了嗎？黃瑞成的腿，並且還有機會拯救清子小姐。我一直信心滿滿，確定自己能夠見到清子小姐的。我會在砲彈擊中洋房之前找到清子小姐，帶她逃到沒有戰火的鄉下去。不，我不會寫他們相擁而泣，那太俗麗，配不上清子小姐的氣質。我要她在逃難的路途上，一點一點感受到黃瑞成質樸的心意。可是，小說卻設置了重重路障——市街陷入火海，黃瑞成要怎麼徒步穿越，安然抵達？就算他有辦法走到，洋服紳士難道不會派出追兵，以避免自己軟禁『基隆守備大隊』核

心成員的消息傳出去？如果轟炸的威力像我渲染的那麼大，那，清子小姐家的洋房又要如何倖存——至少倖存到黃瑞成抵達之時？光是要克服這三種可能，就耗費了十幾張稿紙。當我想盡辦法與小說搏鬥，終於讓黃瑞成抵達最後一個轉角時，小說亮出了最後一個陷阱：黃瑞成根本沒有一個『鄉下』可以去，他自小就跟管家父親住在清子小姐家，除了基隆以外，哪裡的路都不認識。他們會死在路上的。就這麼一遲疑，我就親眼看到砲彈如雨，一排火的曲線砸中了洋房所在的位置……」

「在我看來，你只是在找藉口而已。小說是你寫的，砲彈會落在哪裡，也是你決定的，因為這場砲擊，在歷史上根本就沒發生過啊！真正的問題是，」陳紀瀅雙手有力地揮舞著，彷彿此時正在演講會上：「問題是為什麼？你不要寫什麼『台灣共和國』、『獨立戰爭』的，不就沒有這場砲轟了嗎？這樣一來，清子小姐根本就不必死，你也不必煩惱怎麼拯救她。」

人犯沉默。

電扇粗嘎的機械聲明顯了起來。在討論的狂熱裡，陳紀瀅本來被壓抑下來的不安，又重新滋長了。

人犯輕輕地把手放在桌面，手銬發出了並不清脆的鈍響。

「你什麼都不知道，對不對？」

「知道什麼？」

「關於我，關於清子小姐，關於我們。」

「我知道你是個叛亂犯。」

「我是小說家，像你一樣。」

「不，我們差多了。」陳紀瀅不必看向警衛，就能本能說出他人在場時，熟極而流的密語：「我效忠國家，效忠領袖。」

「陳紀瀅先生，你呀，你呀。你一定想過的吧，你的後半部小說——傻常順兒，難道非墮

落不可嗎？難道他非死去不可嗎？你那麼愛他，愛到寫了他一生，結果卻寫了那樣一個，連你自己都不相信的結局——」

「我沒有不相信。我是真心反共的！共產黨本來就如此邪惡，傻常順兒的結局是必然的——」

人犯仰天大笑。

「誰問你那個呢，我在跟小說家陳紀瀅說話呢，你插什麼嘴？」

話說到這裡，人犯閉上了眼睛，不再開口講任何一個字了。

審訊草草結束，陳紀瀅什麼也沒問到。全身虛脫，倒像是他被審問了一番。

如果傻常順兒沒有當上村長……

如果村裡從來沒來過共產黨……

如果，如果我不是陳紀瀅……？

那是陳紀瀅最後一次見到黃瑞成本人。但在往後幾十年，在任何一個有人請他談談「小說創作」的場合裡，他都必須先痛苦地，揮去腦裡那句「我在跟小說家陳紀瀅說話呢，你插什麼嘴」，才能開口說出一些得體的話。那句話，隨著時間的發酵，從本來清淡的譏誚，竟在他心裡轉成了炙熱的喝斥，在他每一次落筆寫小說時燒灼著他。甚至有幾次，他夢見自己拿到了再版的《荻村傳》。一翻到結尾，這個版本的傻常順兒竟然沒有死，不管國民黨統治也好，共產黨統治也好，他都像是千百年來的北方農民一樣，低賤而憂傷地賴活著……他為這犯了政治禁忌的結局驚醒過來，在悶熱的台北寓所周身冰涼，恍惚裡沒有忘記：那是他沒敢交付出版，至今仍鎖在抽屜深處的，小說第一稿結局——

他漸漸少去中國文藝協會的辦公室了。

保安處的老友後來給了他一份口供的副本，說到審問，他們畢竟才是專業。黃瑞成，二十四歲。早在日殖時期，就因為美軍的轟炸而雙腿全廢，這輩子從未外出工作，當然也從未吃過一天公家飯。「二二八事件」之後，黃瑞成的父親長年服侍的家族家道中落，父親性情

大變，猛然開始酗酒，死於急性肝病。除了〈總理就職彼一日〉之外，並沒有找到黃瑞成參與任何組織、任何顛覆行動的證據，不過這對保安處來說，只是個小小的技術問題；只要有這篇小說就足夠了。

多年以後，陳紀瀅和老友酒酣耳熱之際，老友才不經意提起：有一名下半身殘廢，但雙臂特別強健的人犯，在獄中以極為離奇的方式自殺。他在獄中表現良好，因此獲准寫作，並且有多篇作品刊登於《新生》月刊。某日，他趁獄卒不備，將暗藏的三枝原子筆攢在拳中，一鼓作氣戳穿了自己的喉管。

那時，陳紀瀅早已淡出文壇，文壇也毫不留戀地遺忘了他。但在醉意之中，他竟然清清楚楚想起：啊是的，在那篇小說的結局之處，黃瑞成並沒有死。

藍眼睛的人偶

瀟湘神

臺北聖公會
婦人會バザー

若葉の頃の一つの年中行事となつた臺北聖公會婦人會バザーが今年は六日、七日の兩日本社樓上で開かれる。毎年所謂東都新流行の目新らしいものを提供して人氣を呼んで居るが今年も仲々斬新美麗な品が取揃へられて居る様である。ボイルや富士絹の上等な子供服やビーズ編の蟇口手提などは會員の手に成つたもの丈に非常に安く價が附けられて居るらしい。又女學生向の華胄、まさな蠶伯の美しい便箋や繡議ハンカチ、扇子なども來て居る昨年大人氣でまたゝく間に賣切れたキユーピーやピエロ以上に新らしい上等の可愛い人形が澤山作られてある　アメリカから日米親善にやつて來て近い内に臺灣にも來ると云ふ評判の人形に似せて寄附をした苦心の作てあると云ふことである。臺北の此の種の催ては白眉である同バザーは必ずや人氣を呼ぶことであらう（寫眞

警察航空班
歡迎會
宜蘭俱樂部て

【宜蘭電話】四日午後七時宜蘭俱樂部に於いて來宜中の警察航空班一行に對し宜蘭街役場主催の歡迎

大每の新八景中
溫泉嶽
一等に當選

【大阪四日發】大阪每日新聞の日本新八景投票第一山嶽の部に於て溫泉嶽（長崎）は三百八十一萬八千七百二十一票にて一等に

世界

文明物質的に隨して遂織の異常な發達の相が著しく表富て居る事が意識的生活上の苦痛か大かつて來て居る事くとも圓滿な發達渡期の現象とは認主義、利己主義の著なる足跡を殘し

日午前八時より西島射撃を行つたが市が噂矢てある

北部臺灣

臺灣八日

金

人

「突然打擾您，不好意思。那個……請問您就是『撕裂詛咒人偶』的森同學嗎？」

聽到這句話，我手中的筷子差點掉下來，口中的飯也噎在喉間；嗯咳咳，好不容易才不動聲色地吞下去。唉，想不到在食堂被伏擊，我回過頭，只見三位陌生的少女站在那，如果不是剛剛那句話，這陣仗不是來挑釁就是來告白的吧？最前頭的少女怯生生的，強忍著不安，眼裡甚至有淚水打轉，那是張讓人心軟的面孔。

可惜，我心裡柔軟的部分全死光了，比三百年沒下雨的阿加他馬沙漠還乾涸。我放下筷子，站起身，雙手放在前方，禮儀端正地向她們鞠躬。

「抱歉。我不會袚厄，不會驅魔，也不會本島道士的符籙，沒有任何靈能力，甚至連不乾淨的東西都看不見，恐怕幫不上您的忙。」

「咦？可是……」

「真的非常抱歉。」我再度鞠躬，向陪我來食堂的千代使了個眼色，轉身就走。

「森同學！那個，如果要報酬的話，多少都沒問題！只要聽我說說就好……」

「真的非常抱歉。」我不得不回頭，再度鄭重拒絕。唉，為何讓我不斷重複呢？太不知進退了吧！不是第一次拒絕時就該識相停下嗎？雖然自己沒資格講，但各位同學是否辜負了本校的修身課程呢？

我轉身快步走出食堂，溜到窗外偷看，只見那三個女生面面相覷，像是沒想到會被這麼

粗暴地拒絕。至於千代，她正端莊坐著，優雅地用手帕擦嘴，裝成不認識我的樣子，完全沒受這場鬧劇影響。

煩悶的情緒聚結在胸中。

都解釋這麼多次了，為了**那種事**來找我的學生還是絡繹不絕。流言真不公平，毫無根據的奇譚怪說如蝗蟲般亂竄，真相卻像一灘死水，哪裡都流不過去；從去年開始，時不時就有些以為妖怪、惡魔會怕我的學生來找我，希望我嚇跑那些妖怪，我可是花樣年華的柔弱少女耶？雖然事情變這樣也算是自作自受，但連老師都來找我，不是太過分了嗎？

離開食堂後，我信步操場，走到無人的講堂邊。從窗戶往裡看，講台邊放了一台鋼琴，雖然無人演奏，我心裡卻響起清脆的琴音。

耀眼的陽光下，連校舍的紅磚都像寶石般刺眼，但意外地一點都不熱。溫暖的風溜過操場，講堂邊的樹輕舞婆娑，摩擦出流水般的聲音，正是春天的氣氛；雖然父親說，台灣是常夏之國，哪有什麼春天？但我覺得荒謬至極。眼前的景色不是春天，什麼才是春天？

就算是開不出花的荒漠，也還是有春天的。

遠處飛機的聲音自遠而近。每次聽見這聲音，我就覺得提心吊膽，但沒有警報，應該沒事吧？學校裡靜悄悄的，沒有說話聲，只有蟲鳴窸窸窣窣。沒多久，我看到千代的身影。

「春枝同學在這裡啊？真辛苦呢，雖然妳可能已經習慣了。」

千代慢悠悠地過來。她做什麼都慢條斯理，就連最緊急的狀況都氣定神閒；我不禁想，如果剛剛的飛機聲是空襲，她來得及逃嗎？但這只是杞人憂天。她比我高一個頭，腳很修長，跑步速度比我快多了。

「我才不想習慣這種事。」我埋怨著，坐在講堂外的地板上，把手挽在大腿下方，壓住裙子。

「是啊。『撕裂詛咒人偶』什麼的，也太難聽了吧？」千代掩嘴而笑，連笑聲都悠長，像遠鐘而不像銀鈴。但她說得沒錯。太難聽了。誰想要這種稱號啊？可不幸的是，這稱號的擁有者正是本人森春枝，還威名顯赫，想丟也丟不掉。

「比起那個，剛剛春枝這樣吃不夠吧？來。」千代到我旁邊，掏出手帕展開，裡面居然有一團拳頭大小的飯；為了躲那些找我「驅魔」的人，我吃到一半就逃了，現在戰爭正如火如荼，食物都是配給的，確實不能浪費。我感激地接過手帕。

「咦？這不是妳用來擦嘴的手帕？妳拿來包給我的飯？」

「不滿嗎？不滿的話就還我，我把飯丟地上喔？」

千代看似要奪回手帕，我連忙說：「等等，等等啦！不能浪費，我吃了喔？」

她忍著笑坐下，托頭看我吃飯，及肩的秀髮滑過手腕。我細嚼慢嚥，她突然開口，細長的睫毛在陽光下化為顫動的影子：「不過，真的是辛苦了。春枝又不是自願被詛咒人偶纏上

的，好不容易擺脫那個詛咒人偶，卻還要承擔莫名其妙的流言蜚語。」

不是自願被詛咒人偶纏上……嗎？

我沒回答，把飯吞下去才回話。

「沒辦法，我把詛咒人偶切碎、燒掉了嘛，大家都看到了。」

我還記得切碎布料、撕毀棉花的手感，也記得焚燒時的味道；是啊，大家都看到了，我故意這麼做的，當時誰都沒想到我會做到這一步。或許對一般人來說，女孩子還是乖乖被詛咒人偶嚇到害怕哭泣就好。

但話說回來，誰知道一時衝動的結果竟會變成一個稱號，伴隨我這麼久？就算是亂世之中，我也想當個高雅的淑女啊！但背著這麼凶殘的稱號，我只能早早認命，斷了這念頭。

「即使如此也莫名其妙。不如說，都這種時候了，為何還沉迷於妖怪、幽靈之類的迷信？」

「這種時候？」

「嗯，這種時候。」

千代指著天空，我知道她在說什麼。

「就是這種時候吧。」我低下頭，啃了一口飯，「詛咒人偶的事都好幾年了，但相信我能驅鬼的人卻是去年才多起來。因為鬧鬼嘛！去年十月的空襲，不是把菸草工廠炸了，死了好幾個人嗎？在那之後，車站附近就流傳起鬼故事，被燒夷彈燒死的人，渾身火焰出現在夜晚

中，工廠夜裡發出哀嚎……」

「別說了。」千代搖頭，「根本沒有那回事，誰都沒見過。」

嗯，誰都沒見過。但那是台北第一次遭到嚴重空襲，大概我們都覺得可能死在那一天吧？沒死只是運氣好。而且菸草工廠離學校不遠，有不少學生住附近，怨靈渾身著火的說詞迅速傳開，大家都覺得不是不可能。別說去年十月了，現在我們不也把空襲稱為「定期便」？敵人的軍機會在一天內接近好幾次，每天都在固定的時間，我沒想到會像大家一樣習慣這種事，甚至麻木到持續這種上學、放學的無盡日常輪迴……

何等冷酷無情的南國之春啊。

「還有很多讓人不安的事。去年，台灣神社不是升格為神宮嗎？結果軍機失事墜毀，許多建築被燒了，三月的時候，神宮又被敵機轟炸……明明每年例祭都會去的，今年有可能嗎？不只神宮，千代也知道吧？那些空襲後的風景，坑洞，歪斜的電線桿，半毀的店家——」

不只如此，還有比那些更平常的空襲風景，只是我沒說出口。

就是被轟炸波及的「人」。

無論是支離破碎，還是被白布蓋著的。三月開始，我們已習慣死人，雖然誰也沒宣之於口，但親眼看見人們被炸裂的學生們，覺得被鬼纏上也情有可原吧？就算沒看過，死過人的地方會鬧鬼，那已不是人們害怕哪邊的鬼屋，而是街上處處死過人，早就無處不能鬧鬼了。

或許是這樣，她們才來尋求我的協助——

向這個傳說中不畏詛咒，撕裂詛咒娃娃的粗野之人。

但我不想同情她們。

還有害怕妖怪的力氣，就表示活得下去吧？比起第一線軍人的風險，這種小事可以自己處理嗎？還糾纏著別人幫忙呢。我不想奉陪，不想無止盡地處理那些少女們扮家家酒般的恐懼。

「也是。」千代露出哀傷、寂寞的笑，她緩緩開口……

「都是那些鬼畜美英的錯。」

鬼畜美英。

聽到這四個字，我心裡涼了一半。是啊，原本象徵文明開化的美、英諸國，在戰爭期間淪為了萬惡魔鬼，街上到處是痛斥美英的標語，報上社論也極盡汙衊之能事。美國參戰後，這種風氣就席捲全島，至少台北是這樣；我聽說有些賣舶來品的店被砸，商品被拋到店外，摔得粉碎，高價品變得一文不值，其他店家也悄悄收起舶來品。

這是不是事實，我不清楚。但我確實知道有些人因為身上帶著舶來品，居然被質疑忠誠不足、居心叵測、甚至詆毀天皇；雖然不是所有人都那樣歇斯底里，但已經夠了，在同一片土地上，世界被分成了兩半。

這就是我撕裂詛咒人偶的原因。對，我就是因為**效忠天皇**，才親手粉碎了恐怖詛咒。

那是有著藍色眼睛的人偶——對，不是日本傳統的人偶。看來就像歐美諸國的嬰兒，嘟著小小的嘴，身穿墨綠色服裝，像裙子又像長袍，頭髮則是茶色的。我不會用可愛來形容，因為年代久遠，顏色都褪了，甚至有點陰森感。不過，眼睛依然是驚人的湛藍。

就像透過冰塊看天空，彷彿整個天空化為從指尖滴下的冰涼青色。

詛咒人偶原本屬於我的表姊道子。最初見到道子姊，是在大正町的排水路，她穿著浴衣，站在楓香樹下，樹葉間漏下的光點在衣服上的巨大花瓣間跳動，像繽紛的線香花火；當時我想，同樣是浴衣，為何表姊穿起來就這麼好看？

父親是大正年間來台灣闖蕩的。據說那時他還是少年，因為在內地惹了些麻煩，算是到台灣避風頭，誰知他竟在台灣找到不錯的工作，事業風生水起，沒多久就跟大稻埕的本島少女——跟母親結婚。後來父親老家出事，他姊姊投奔到台灣，寄住在我們家，結婚後才離開。姑姑的結婚對象是某財閥在台灣的重要幹部，算是嫁得金龜婿，住到了城北的大正町；母親可羨慕了，我從小就一直聽她說大正町多好多好，可我們住不起，竟隱約有指責父親無能的意思。母親是本島人，沒受過什麼大和撫子教養，但看她把父親吃得死死的，我覺得沒什麼不好。

道子姊是姑姑跟姑丈的獨生女，在我心裡是淑女的代表，憧憬的對象；姑姑身體有恙，

生了表姊後便沒再生育，姑丈因此在外有了情人……這都是傳聞，沒什麼證據，我也是長大才聽說。道子姊不為父親所愛——那就是她如此端莊的原因嗎？害怕被捨棄？

我是讀小學才第一次見到道子姊。姑姑出嫁後曾跟父親鬧不愉快，雙方很長一段時間沒來往，經過十幾年才和解。至於被詛咒的藍眼睛人偶，我是在兩家恢復往來的第二年才注意到它；那時道子姊是台北第二高女的學生，她比我大七歲，是我見過的人中氣質最高雅的。坦白說，我自知不是那塊料，因此不管父母再怎麼期待，我都對高等女學校興趣缺缺。但見到道子姊，我不禁幻想高等女學校是魔法學校，只要進去就會接受魔法洗禮，自動變成道子姊那樣的淑女。

大概是我表現出對高等女學校的興趣，或是被發現我虎視眈眈地觀察道子姊，對她的舉止有樣學樣，父母欣慰之餘，也跟姑姑商量，請道子姊教我功課與禮儀。我當然很期待！能常常見到道子姊，我可是求之不得；而且我猜道子姊也很喜歡我，且不論姑姑、姑丈在的時候，如果只有我們，她會聊一些心裡話，像她打算畢業後升學講習科，以女教師為目標，比起拿家裡的錢生活，她更想自立自強之類的——我的天啊，自立自強耶？道子姊不只是淑女，還自主又堅強！雖然我有些不解……選擇自立自強，難道她不打算嫁人嗎？

每個星期日，我都被送到姑姑家學習。就是在這期間，我注意到了那個人偶。

「——道子姊，為何這裡有個老舊的人偶啊？」

人偶是放在床之間旁邊的床脇。

床之間，是這個座敷邊緣凹進去的空間，通常用來擺字畫或插花，展示給客人看。這個床之間也放了壺狀的小型花瓶，後面捲軸以毛筆字寫著「八紘一宇」。床脇放了幾個小型裝飾物，諸如拳頭大小的瓷器、用架子立起來的瓷盤等等，此外就是那個人偶。

坦白說，那人偶給我一種怪異的不協調感。或許是旁邊的字畫、花瓶、瓷器都是日本風格，就只有那個人偶是西洋風格吧？雖然人偶有些老舊，看來很黯淡，放在深色的床脇裡很不起眼，最初沒注意到，但只要意識到它，就有種難以言喻的唐突怪異之感。

而且它正好看著我。

對上那雙藍色眼睛的瞬間，我起了一身雞皮疙瘩，連忙轉過頭。

「啊，那個啊？是父親說要放在這裡的，很不適合吧？」

道子姊看向人偶苦笑。

「姑丈？為什麼……」

「為什麼呢？我想是炫耀吧，畢竟這人偶也算滿珍貴的。」

珍貴？

我忍不住再度看向人偶，卻看不出哪裡珍貴。比這華麗、顯眼的人偶比比皆是吧？它甚

至沒什麼裝飾，連蕾絲都沒有，這樣樸素的人偶到底哪裡珍貴？

「妳等我一下喔。」道子姊像是猜到我的想法，她推開障子，走進隔壁的居間，在床之間的小櫥櫃翻找半天，最後拿了一張摺起來的紙過來，「找到了，妳看。」

我探頭。

「人形……查證？這是什麼？」

那張紙的其中一面用日文寫著「人形查證」，還蓋了一個章，除此之外都是英文；道子姊翻到背面，同樣也是英文，中間畫了兩個國旗——日本國與美國，兩國的國旗交錯——唯一的日文寫著「特別護照」。她將摺起來的一面翻開，更是滿滿的英文。我滿臉困惑，道子姊笑著緩緩將英文翻譯給我聽。

「致日本的少年少女……」她清了清喉嚨，「透過這本護照，向您介紹誠實純良的美國公民『瑪莉亞』，她以親善使節的身分，出席一九二七年三月三日的女兒節。這位使節帶來了美國少年少女的問候，在她旅日期間，請照顧她、給予她幫助，她也會遵從貴國的法律。敬祝一切安好，山姆大叔敬上。」

道子姊腔調優美，翻譯極其流暢，像是練習過好幾次；但我還是茫然不解，甚至感到更加的怪異與不舒服。明明是人偶耶，為何被當成人類看待？美國公民？難道她原本是人類，卻被變成人偶？不可能吧！

「這傢伙是……使節？怎麼回事？」

「不要用『這傢伙』，稱她『瑪莉亞小姐』如何？」

「好啦，道子姊，瑪莉亞小姐是怎麼回事？」

講出「瑪莉亞」三個字的瞬間，我毛骨悚然，覺得像是將生命賦予它生命……不，是承認她有生命，但道子姊渾然未覺。

「就像這本護照寫的，瑪莉亞小姐是美國派來的使節喔。我幼稚園的時候，有位美國牧師積極推動日美親善，最後促成我們兩國交換人偶使節，美國準備了一萬多個人偶，每個人偶都有這樣的護照喔！妳看，這個人偶是堂堂正正的大使，不是很珍貴嗎？」

原來如此。不是因為材料高級，而是身分特殊嗎？可是——

「全日本就有一萬多個，也沒什麼了不起吧？」

「不是這樣的。」道子姊將護照摺起來，「雖然日本有一萬多位人偶大使，但分送到全日本幼稚園，來台灣的大使可是連一百位不到；在這麼多孩童中，我能得到人偶大使，也算幸運了吧？幸運的象徵，還有這本護照保證的特殊性，加上父親的公司也進口舶來品，喜歡西洋情調，這些就是父親將瑪莉亞擺在這裡展示的原因了。」

「這樣啊。」我重新看向瑪莉亞。了解前因後果後，人偶也沒這麼恐怖了。原來如此，是日美親善大使啊！但我還是有些不懂。

「道子姊，我們跟美國的關係好嗎？」

「這個……」道子姊有些猶豫，片刻後才恢復平穩的表情，「我還只是個女學生，沒什麼談論天下大勢的資格呢。」

「是嗎？談論天下大勢，也不用什麼資格吧，不就是說說自己的想法？」

「嗯～春枝這麼說也沒錯，但強行談論自己不熟悉的事，並不值得讚揚喔？」

道子姊巧妙地蒙混過去。我直視瑪莉亞，迎向她的視線，總算明白為何她這麼老舊；一九二七年，那不是比我還年長？作為日美親善大使來到台灣的她，至今到底都看到了些什麼呢？她會一直看下去，直到世界末日嗎？想到這裡，我不禁覺得那雙藍眼睛是冷酷無情的。

一定是這樣吧？要是被迫永遠見證下去，沒有冷酷無情的心靈，誰受得了啊？

真可憐啊，瑪莉亞小姐，我默默心想。

「道子姊，瑪莉亞小姐的位置是不是不一樣了？」

「瑪莉亞小姐？」姑姑抬起頭。她原本正在縫補衣物，聽了我的話揚起眉，四處張望。道子姊連忙說：「是那邊人偶的名字，母親大人。上星期我跟春枝說了人偶的由來……」

「原來如此，我還以為家裡有別的客人呢。」姑姑露出微笑，卻沒什麼笑意，或許是疲倦吧？總覺得沒什麼精神。道子姊露出迎合她、有些畏縮的笑：「嗯，那就有點可怕了。」

「道子姊，妳不覺得瑪莉亞小姐的位置不一樣嗎？」

我重申自己的發現，但道子姊看都不看一眼，只是將桌上的試卷朝我推了幾公分：「是不是弄錯了呢？瑪莉亞小姐已經在那裡很久了。比起那個，怎麼從剛剛開始就停在這裡？」

「因為很難嘛！」我賴皮地說。事實上，我就是寫到煩才到處張望，進而注意到人偶的位置不同；其實說起來，位置是一樣的，都在床腳的棚子上，但上星期我也是坐在這，直接對上瑪莉亞的視線，至少有那樣的感覺——

但今天沒有。

我的位置沒有變。明明如此，她的視線卻不是對準我；這不就表示位置跟之前不同？至於今天她看向哪……我揣摩瑪莉亞的視線，定在眼前的道子姊身上。不，不，太離譜了，她不可能真的盯著道子姊，應該是有人動過她吧？或許是為了打掃，將人偶拿起來，掃掉棚子上的灰後再放回去。很合理，沒什麼問題。

道子姊無視瑪莉亞的凝視，與其說沒發現，更像是刻意當成不存在；我沒繼續深思人偶大使的事，在道子姊的逼迫下，我埋首於試題。就在此時，外面傳來男人的聲音。

「夫人，在嗎？」

誰啊？才這麼想，姑姑已站起身，滿面歡喜：「哎唷，差點忘了呢。道子，今天黃先生也會來幫忙，我去招呼一下喔。」

姑姑將衣服摺好，細細拾起針線，固定在縫到一半的衣服裡，再對摺成方便捧起的形狀，推開居間的障子，臨時將衣服擺在角落，又匆匆回來，打開通往玄關的障子，走了出去。

「黃先生？」雖然覺得跟我沒關係，我還是小聲問了道子姊。

「黃先生是父親大人信賴的左右手，原本就很常來，今天是來幫忙修理倉庫屋頂的吧。」道子姊有些心不在焉，「春枝，我們到居間吧，稍後黃先生幫忙後，母親大人應該會請他到座敷休息，我們別占著空間了。」

也是，有其他客人在的話，我也會一直分心吧？我跟著道子姊移動到居間。道子姊關上障子，將座敷與居間隔絕。這時姑姑帶客人進玄關，聲音透過障子傳來。

「……像這樣麻煩你真是不好意思，又不是工作上的事，但你能來真是太好了，這個家現在只有女人，實在無法處理太辛苦的勞動……哎呀，道子，小春枝，妳們在對面嗎？應該跟黃先生打聲招呼吧？」

我有些茫然。道子姊跪坐在障子邊，稍微把障子打開一條縫，不卑不亢地說：「貴安，黃先生。您特地來幫助，非常感謝。不好意思，今天要指導表妹功課，請容我們待在隔壁，無法招待您。」

「啊，當然，請別在意我。」

在隙縫間，我看到了男子的身影。他手上拿著巴拿馬草帽，身穿襯衫與吊帶褲，一副謙

遜的樣子，是位讓人印象深刻的美貌青年——坦白說，他讓我想到一位青梅竹馬。姑姑臉上綻放著笑容：「真是的，這孩子一開始明明很喜歡你的，黃先生又不是外人。吶，旁邊的孩子是我弟弟的女兒，叫春枝。黃先生，我帶你去倉庫。」

簡直像陣風，我從未看過姑姑這麼有精神；但為什麼呢？我總覺得有種不可思議的緊張感，就像從高處往下墜落，身體裡的器官都反重力地被提起來。好奇怪的感覺。就在我不安時，我發現正被瑪莉亞瞪著。好討厭，這種被人偶窺探般的感覺。我正想表達反感，道子姊已重新關上障子，視線被截斷了。

姑姑他們的聲音穿過緣廊離開，越來越遠。

「道子姊，果然瑪莉亞小姐的位置不一樣了。」我說。不知為何，我覺得必須說些什麼跟剛剛無關的事，不然那種詭異感會陰魂不散！「至少角度不一樣，剛剛我有被她盯著看的感覺，但上星期——」

「春枝。」道子姊輕聲說，「那是不可能的，沒有人會去碰瑪莉亞。」

「可是打掃時總會碰到吧？」

「嗯，或許吧。可以不要再提，也不要再想這件事了嗎？」

——道子姊的態度也好怪。但那是錯覺吧？轉眼間，她已恢復成平常的樣子。

「好了，我們繼續吧。春枝有哪裡不懂，直接跟姊姊說吧？但如果只是無法專心，姊姊可

不允許喔？」

雖不是修羅惡鬼的樣貌，但道子姊已露出毫不寬貸的氣勢。唉，看來這下子逃不了了。我在道子姊的嚴格監督下完成試題，道子姊細心解釋，幫我檢討；也不知過了多久，推開障子的聲音響起，姑姑又進了座敷。

「真是辛苦你了呢。請你在這邊坐一下，我給你倒水啊。」

「勞您用心了，但我不便久留……」

「別這樣說，現在天氣這麼熱，就在房子裡多待一下嘛。」

聲音從隔壁傳來，但只有聲音，看不見身影。接著障子被推開，姑姑不是打開居間的障子，而是從其他地方繞道廚房，竟像是避開了居間；道子姊低著頭，微微閉著眼，從這裡能看見她清晰而分明的睫毛，但我不知道她在深思琢磨些什麼。

廚房響起窸窸窣窣的聲音。

突然，黃先生的話語從隔壁傳來。他聲音不大，但顯然不是喃喃自語，而是要說給某個人聽的；他講的是台灣話：「歹勢。」

抱歉？

由於母親是本島人，我也有本島朋友，所以聽得懂。但他為何道歉？道子姊望向座敷，又轉回來，囁嚅著，沒發出聲音，只顯露了話語的形狀。姑姑離開廚房，她的腳壓在木地板

上，地板承受不住，發出咿啞之聲，她的身形在不同光源中被放大，分裂又重疊的巨大影子滑過障子紙，連續綿延，像走馬燈般。她從玄關回到座敷，黃先生立刻站起來。

「夫人，真的很不好意思，但我真的不方便久留，還是喝完水就離開吧？」

「哎呀，我都切好西瓜了，請至少吃完西瓜再走吧，不然我們這些女人也吃不完。」姑姑說，卻沒有招待我們到隔壁的意思。原來是西瓜啊！這香甜的味道。我知道禮節，總不能這時突然打開障子跑過去，只好坐在這邊等姑姑叫我。黃先生謙遜地說：「我知道了，那請容我斗膽再打擾片刻。」

他們在座敷說起話。

姑姑還是沒笑著招呼我們過去，年幼的我不禁煩躁起來。

「春枝，」道子姊小聲說，「今天就到這裡吧。」

「咦？可以嗎？」我問。其實題目幾乎都檢討完了，但有一題被放在最後，道子姊一直沒檢討到。就差這麼一點了，停在這裡真的可以嗎？道子姊「嗯」了一聲，但沒說為什麼。原來如此，就算是淑女，也會為沒西瓜吃感到不滿吧？我擅自做了這樣的判斷，卻沒注意到她始終低著頭——那是知道什麼的表情。

沒多久，黃先生離開了，姑姑推開居間的障子，看來心情很好：「道子，小春枝，來，這些西瓜給妳們喔。」

「好的，謝謝母親大人。」道子姊走進座敷，端起盛著西瓜的盤子，姑姑則輕快地走進居間，將衣服攤開，重新縫補。道子姊端著盤子過來，這時——

我渾身戰慄。

我看到了，端坐在棚子上的瑪莉亞，這次又看向了別的方向。

怎麼會？之前道子姊關上障子時，明明我還覺得被瑪莉亞瞪著啊！難道這段期間有人去動她？可是剛剛座敷裡也只有黃先生跟姑姑，他們有理由去動瑪莉亞嗎？我腦中不禁浮現這樣的場面，當姑姑跟黃先生愉快地吃著西瓜時，瑪莉亞在沒人觸碰的情況下，擅自轉了身；

道子姊注意到我的視線，回頭看向座敷，我則彈起來跑向姑姑。

「姑姑，之前妳有碰瑪莉亞小姐嗎？因為瑪莉亞小姐的位置不一樣！」

「怎麼了？」姑姑毫不在意，「那個人偶不是一直在那裡嗎？」

這麼說，她跟黃先生果然沒碰……？

「怎麼還在說這種事啊？」道子姊苦笑著把我拉回去，「從剛剛開始就一直這麼說。來吃西瓜吧，春枝；做了這麼多試題，應該很悶嘛？等一下帶妳去遊樂園喔。」

如果是平常，我肯定高興地又叫又跳，但這實在太奇怪了；既然沒人碰瑪莉亞，她怎麼可能改變方向？那可是人偶，沒有生命啊，難道是靈異現象？

……靈異現象？

不是不可能。這種事我聽多了。對小學生來說，靈異現象可是熱門話題；雖然也有科學時代不該有迷信的說法，但不是有靈異照片嗎？都拍到幽靈了，那不就是被科學給證明了？老師說過，科學還無法解釋所有現象，或許真的有「靈的世界」！像千里眼、透視，這些都是真實發生過，但科學無法解釋的事；還有騷靈現象，幽靈讓東西飛來飛去，在鬼屋很常見；還有大家都會玩的狐狗狸，那是真的召喚出什麼東西了吧？對了，還有惡魔附身！據說曾有惡魔附在西方修道院的修女身上。瑪莉亞也是西方來的，難道有惡魔附在瑪莉亞身上？

「歹勢」……

我突然想起黃先生那句低語。

該不會，黃先生其實是「看得到」的人？他知道有怨靈、惡魔附在人偶身上，卻無法阻止，才跟我們道歉？那接著會怎麼樣？詛咒人偶——瑪莉亞會為這個家帶來什麼壞事？

我提心吊膽，連西瓜都吃不太下去。要跟道子姊和姑姑說嗎？但這種不科學的事，要怎麼跟她們說？靈異現象這種事，她們只會當成小孩子的胡言亂語吧！但是，難道要裝作不知道、沒發現？

直到道子姊帶我去附近的遊樂園，我還是心心念念著瑪莉亞，無法放心。道子姊也注意到了，她問：「春枝，怎麼了嗎？」

「道子姊，果然瑪莉亞小姐很不對勁，她被惡魔附身了，是詛咒人偶！」

「惡魔附身……？」

「是啊！今天明明沒人碰她，她面對的方向卻改變了！現在可能只是動一點點，但惡魔慢慢取回力量，說不定會四處移動，被丟掉還會自己回來，或是拿刀子之類的東西砍人；道子姊，妳應該把那個人偶丟掉！」

「會不會是弄錯了？瑪莉亞小姐一直沒有動，我也不覺得她有動啊？」道子姊無奈地笑。

「不，是真的動了！」我說，並解釋自己不只一次跟瑪莉亞對上視線，但一段時間後，雖然從同樣位置看，視線卻移開了。雖然只是很微小的變化，但瑪莉亞確實有在動；尤其是剛剛在座敷的時候，誰都沒有去碰人偶的理由吧？那不是惡魔附身是什麼？

原本道子姊還從容地聽，但隨著我提出的證明越來越多，她臉色也陰沉起來。或許是天色也暗了，那天並不是晴空萬里，橘紅色的黃昏有著蜘蛛網般延伸萬里的黯雲，道子姊背對夕陽，一時間竟看不出她的表情。她說：「吶，春枝……」

我緊張起來，點了點頭。

「妳剛剛說的事，可以答應我，不要告訴任何人嗎？」

那是張屬於黃昏的臉。

我是說，黃昏不是寫成「對面的是誰」（誰そ彼）嗎？昏黃的光線下，看不見對方的臉，不知道對方是誰——那時，道子姊的神情就給我這種感覺。

這個人，真的是道子姊嗎？

「答應我。」

菜刀碰撞一般的聲音。

「好……」

「謝謝妳，春枝。」道子姊挺直背脊，露出微笑，「回去吧？妳哥哥也差不多要來接妳了。」

她牽著我的手，又是平常的道子姊了——由自制的團塊鍛鑄而成的淑女。我跟在她身旁，夕陽漸漸落入遠方山頭，將我們身後的影子拉得老遠。晚風有些冰涼，這本是很舒服的溫度，我卻覺得太冷了。不知為何，某種不安、尷尬的情緒一直卡在胸口上方，為何道子姊要我別告訴別人？她還是不相信我嗎？

影子越來越長，直到街道也被山的影子吞沒。

回到姑姑家，說著「我回來了」的道子姊走進玄關，脫掉鞋子，打開座敷的門。突然她僵在那裡，像被雷劈到。

「啊……！」

我看向座敷，忍不住發出尖叫。

是瑪莉亞。

瑪莉亞又移動了！這次不是在床脇那邊轉個方向而已，而是直接端坐於座敷的桌子上；

她湛藍的眼睛看著我們，就像迎接客人的主人。

「怎、怎麼……」道子姊渾身發抖，扶著障子坐倒在廣間。果然，瑪莉亞真的被惡魔附身了！道子姊大概是現在才真的相信我吧？區區一個人偶，不可能從棚架上移動到桌上，要是沒有惡魔或怨靈的力量，不可能做到的！我害怕地躲到道子姊背後。

「道子姊！果然，果然是被詛咒了……！」

「詛咒？」居間的障子打開了，姑姑走出來，道子姊嚇了一跳，發出哀鳴。

「姑姑！這人偶被詛咒了！」我尖叫著說，「她會動！從棚子到桌子這邊來，我們回來時就這樣了，不是我們動的！」

「詛咒……」姑姑露出某種表情。我難以形容，那是隱忍著，又抗拒著，像是看到既討厭又恐怖的東西時，因反胃駭然而扭曲的臉。她厭惡地說，「這樣啊，確實是呢，詛咒。偏偏叫什麼瑪莉亞，還真的是被詛咒了呢。」

——什麼？

我詫異地看著她，為何這麼簡單就接受了？難道姑姑早就知道了？既然如此，為什麼……？

「不好意思，打擾了！姑姑在嗎？我來接春枝了。」

正驚恐間，哥哥的聲音在外面響起，姑姑瞬間換上親切的表情。

「來了，正在等你呢！」她抓住我的手——有點痛——拖著我走到玄關，把我的鞋子放

好，用眼神示意我穿鞋。她眼神好凌厲。我才剛穿好鞋子，姑姑就打開門，把我推出去。

「秋良君，來得正好，春枝剛好從遊樂園回來呢。」姑姑笑得很自然，輕巧。

「遊樂園？喂，春枝，妳真的有好好讀書嗎？」哥哥瞪著我。

「別擔心，春枝很乖，早早就看完書了，不然道子也不會帶她到附近的遊樂園玩啊。」

其實今天主要是解題，但我沒有糾正。太多事情了，好混亂，我還來不及理清楚發生什麼事。到底是怎麼了？我很想說詛咒人偶的事，但直覺告訴我不能說，說了會發生很可怕的事——

可怕？有什麼事比詛咒人偶本身更可怕？

哥哥禮貌地跟姑姑道別。門的對面，道子姊正轉頭看我們，屋裡太暗了，看不清楚，但道子姊好安靜，像人偶一樣。哥哥牽著我的手，一路上他跟我說話，我卻心不在焉，根本不記得說了些什麼，只有詛咒人偶的怪事在腦海裡徘徊。

道子姊還好嗎？她應該受了很大的驚嚇吧？

還有，姑姑已經知道那是詛咒人偶了，應該會處理掉吧？但是……

不知為何，雖然渾渾噩噩的，沒半點頭緒，我有種很討厭的預感。

那天晚上，台北下了場雨，一直下到晚上十點。九點多的時候，家門前來了意外的訪客。

「什麼？道子姊來了？」

聽母親說道子姊在門前時，我驚奇地問。

「是啊，說有事找妳，很快就好，所以不進來了。」

「但外面下雨耶！」

「妳當我不知道嗎？我也這麼說，但那孩子堅持不進來啊。所以妳快點出去，別讓人家一直在雨裡枯等。」

我連忙跑到玄關，只見道子姊一手撐著傘，另一隻手捧著大大的木頭匣子，端正地站在雨裡。雖然有種乾淨的印象，但她的裙子都濕了，鞋子恐怕也沾滿泥濘吧？在屋簷的燈泡下，暴雨張成一張金黃色的網子，但那光線卻被道子姊手上的傘彈開，她臉色依然陰暗，儘管將自制與堅毅掛在臉上，卻與濃烈的陰影結合，無法驅離。

「道子姊，為什麼不進來呢？」

「因為很快就好了。春枝，來，這個送妳。」

道子姊走過來，將木頭匣子遞給我，感覺有些沉重。

「這是什麼？」我好奇地接過。

「這是日美親善大使瑪莉亞。從今天開始，她屬於妳了，護照也在裡面，可以證明她的身分。」

「為、為什麼？」

我大吃一驚，嚇到差點把匣子丟地上，彷彿裡面有什麼魍魎。

「因為我希望如此，拜託妳……」

「我不要！這人偶被詛咒了耶！為什麼不丟掉？」

「春枝，她沒有被詛咒。」

「騙人！騙人！我們一起看到的！」

「春枝，」道子姊彎腰摸著我的頭，柔聲說，「雖然我無法說明，但她真的沒有被詛咒。對，丟掉是最簡單的，我母親也說要丟掉；但就算被我父親展示出來，被母親命令要拋棄，這人偶依然是我的……最初是我的幸運，是我得到的。我希望我有權決定人偶最終的歸屬。」

「那為何是我？我不懂！我根本不想要，我可以丟掉她嗎！」

「嗯，我給了妳，妳想怎麼做都可以。」道子姊微笑僵硬，聲音也有些發顫，「但我希望人偶在妳這。如果妳能一直保管她……我會覺得安慰的。」

我張大口，不知該說什麼。太奇怪了，不是嗎？這話太奇怪了！但在燈光下，我發現道子姊整張臉都濕了，顯然不只是雨水；道子姊站直身子，深呼吸，聲音再度穩定下來：「總之我只是送人偶過來。像剛才說的，妳要丟掉也可以，要撕裂、燒掉也可以，那是妳的自由。但我希望妳知道，我帶人偶過來，是因為……」

因為？

道子姊沉默片刻，最後嘆了口氣：「沒什麼，都只是我自我滿足的想法。春枝，我希望妳

們家一直幸福，這是真心的。我要回去了。」

「等等，道子姊！」

我目瞪口呆，她到底在說什麼？

人偶被詛咒了耶，詛咒人偶怎麼可能帶來幸福？但道子姊的身影沒入暴雨與黑暗之中，雨聲實在太大，我來不及追問；忐忑不安地，我將人偶拿回屋子裡。家人問我怎麼了，我絕口不提詛咒，只介紹了親善大使。為何道子姊將這麼罕見的人偶送到我們家？這事令大家很驚奇，父母說這麼難得的禮物，得去向姑姑道謝才行。

我感到不安，姑姑真的會接受道謝嗎？明明姑姑是要道子姊丟掉的。但我什麼都沒說，不知道該說什麼。

我只知道一件事。

那個晚上，道子姊完美的淑女形象，已經在我心中幻滅，甚至變成某種恐怖的東西。那是理所當然的吧？無論原因是什麼，她都是為了自己，強行將危險的、恐怖的、帶來不幸的詛咒人偶推給我——

那不是淑女該做的事，就算我有撕裂詛咒人偶的權利也一樣。

「妳們兩位，怎麼在這種地方呢？」

我回過神來。千代聽到聲音，連忙站起來說：「啊，妳好，石井老師。」

發現我們的是教國語的石井老師。千代有些緊張，這也難怪，因為石井老師可說是這所學校的精神象徵——不，太誇張了，但如果舉辦台北第二高女最受學生尊敬的老師投票，石井老師就算不是第一，肯定也有前三。

石井老師被學生譽為「天衣無縫」，意思是她毫無破綻，言行、思想、氣質、私生活都無可挑剔，就算小有瑕疵，也能在其他地方補足；這種不張揚的面面俱到，就像純粹無色的正圓，如果在和平時代，或許是無趣的人吧？但在這個沒有餘裕的戰爭時期，她的堅毅就像指點方向的明燈，因此受學生推崇——如果要我總結學生們對石井老師的評價，大致如此。

千代會緊張，恐怕是覺得被石井老師看到丟臉的一面很不好意思，但我沒有那樣的羞恥心，所以我說：「因為我是孤僻的文學少女，所以想找個沒什麼人來的地方看書。」

「春枝。」千代小聲抗議。

「原來如此，有機會的話，可以跟老師分享閱讀心得喔？」石井老師微笑，「不過，要是看得太專心，忘了上課時間就不行了。還有，別忘了注意空襲——在這個時代，不能不警惕天空呢。」

不愧是毫無破綻的石井老師，居然沒譴責我看課外書，雖然我根本沒帶。我做了個鬼臉：「我知道啦！」

「吉田同學，妳也在這裡看書嗎？」

「不不，不是的。」千代為難地笑，猶豫片刻，才像是下定決心，「石井老師，其實森同學是為了躲避糾纏她的同學才到這裡來的。」

「糾纏？」

「等等，千代——」

我在心裡嘆了口氣。雖然知道千代是為我好，但我不想提這事啊！千代沒理會，將「撕裂詛咒人偶」這稱號帶給我的困擾戲劇性地說出。聽了她的話，連我都覺得自己是有些可憐了。向我強求做不到的事，明明面都沒見過，卻聽信謠言，擅自要我配合她們的恐懼來演出，不配合還被責怪；石井老師聽了臉色一沉。

「是嗎？雖然知道有那樣的傳聞，但沒想到學生居然頻繁來找森同學……」

「沒事啦！」我說，「老師別放在心上。反正不算欺負，不用小題大作。」

「即使如此還是很讓人困擾。老師，難道不能昭告全校，請大家不要再找森同學除靈了嗎？」

「那恐怕會有反效果。」石井老師搖頭，「或許一時間同學們會自制吧，但昭告這種行為，本身就是在製造話題。即使來找森同學的學生減少，傳言也可能以其他形式造成森同學的困擾……」

「是啊。千代，謝謝妳關心我，不過讓學校處理，事情恐怕也不會好轉。」

我安撫千代。而且說到底，我也不覺得學校有餘力來管這種小事。

在戰時動員體制下，學校的工作是什麼？是督促我們以皇民自豪，為國奉獻，犧牲小我。這種時候，任何瑣碎小事都等於在提醒我們是學生、是人、是獨立的個體；要是公開談論能不能除靈、要不要除靈，大家會從集體的幻覺中醒來吧？現在才沒時間讓我們擁有獨立思想呢。

當然，要是我的遭遇能用來強化國家論述，那就另當別論了。在這種時候，即使是我們這樣的女學生，也不得不浸淫在帝國敘事中；雖然離畢業還有段時間，但已經好幾位同學說畢業後要加入桔梗俱樂部，以勞動支撐最前線了，還有同學想到戰場上當護士，救助傷員——

值得慶幸的是，這只是枝蔓，不是學校生活的主旋律。

終將畢業的我們，確實不得不成為戰爭機器的零件吧。但對學校生活這種脆弱的幻夢，我們也還是愛憐地捧在掌心，努力掙扎；這是弱小的我們唯一能做的抵抗。就算戰爭機器已入侵學校，我們也還是堅持女學生身分，彷彿那是保有自我的護身符。

「森同學，這件事我會再想想。如果需要什麼協助，也可以跟老師說。」

石井老師說完便點頭離開。

「太好了，春枝。既然石井老師那樣說，她就一定會想辦法。」

千代笑著，小跳步對我說。在戰爭時期露出如此燦爛的笑容，會不會被視為罪惡啊？謝謝妳，千代，最喜歡妳了，不過我沒這麼樂觀。

而且石井老師的教師間的立場也沒這麼樂觀。

石井老師確實受學生推崇，但在老師間，她沒這麼大的聲望；雖然學生說她「天衣無縫」，但她有著難以無視的瑕疵——已經三十幾歲了依舊未婚。

雖然現在沒人怪她，畢竟是戰爭嘛！快找個男人嫁了，誰會在物資缺乏、全國總力戰的當下講這種話？但我不禁想，石井老師這麼用心投入「若草愛國子女團」的事務——那是由本校教職員、畢業生組成，自發性展現「婦人報國精神」的組織——或許就為了避免未婚的指控吧？等戰爭結束，那些讓石井老師完美的事物，又有多少依然能維持美麗的形狀？

那天放學後，我回到家，收音機正傳來戰況，還有雄壯威武的管弦樂。戰報不外乎就是哪裡哪裡大捷，聽來卻沒什麼現實感，甚至還讓一家人用餐的時間變得沉默。深夜，空襲警報如同接力般穿過整個城市，我們全家像觸電般醒來，跑到屋外，天空亮到不像是夜晚——後來我們才知道敵機投放了燒夷彈，那是一種結合可燃液體的炸彈，爆炸後會持續燃燒。

台北因此變成一片火海。

看著遠方的火光，我心中浮現了《聖經》的一段話。

第一位天使吹響號角，就有冰雹和火，混著血被撒在地上；於是大地的三分之一被燒

掉，樹木的三分之一被燒掉，所有的青草也都被燒掉了。

就像聽見世界終結的腳步，死神隨時等著揮下鐮刀一樣。

也許有下一波攻擊，街上的人們開始找防空壕。景色異常清晰，多虧那彷彿直達天空的火海；我看著人們，有些人茫然、疲倦地站在原地，像是放棄了，甚至有些人直接回到屋內。這個城市真的被戰爭改變了。

建設曠日費時，摧毀卻只要瞬間，這就是世間不公平的佐證。戰爭造成的傷害，就算能修復，也不知要到何年何月，其中有些改變甚至是永久的，譬如人生的軌跡。

戰爭也改變了我的青梅竹馬。

這位青梅竹馬是大稻埕的本島人，叫陳桂棟。我母親出嫁後，跟娘家的關係還是很親密，每年暑假，我都在外公家度過，因此認識這位住在大稻埕的少年。這十年間，棟哥很照顧我，好幾次配合我的任性，到了前幾年，我突然意識到對棟哥懷有戀愛之情——真討厭，多尷尬啊？該怎麼做才好呢？對這樣相處將近十年的青梅竹馬，我到底該用怎樣的態度對待他？但在前年年底，他決定畢業後就要去當志願兵。

「為什麼？」我呆住了，忍不住問，「為何要到前線去？」

可能會死，不是嗎？但我沒問，怕禍從口出，說出來的話會成真。如果他要說什麼盡忠

報國之類的蠢話，我就要用「在後方也可以報國啊」來說服他。但棟哥只是微笑：「春枝，妳看過陳火泉寫的〈道〉嗎？在《台灣文藝》上。像我這樣的本島人，要成為真正的日本人，就只有從軍一途。」

真讓人瞠目結舌。

說這些話時，棟哥跟我坐在淡水河畔，他穿著台北高等學校的制服，非常帥氣。那是非常好的學校。都這樣厲害了，還有必要從軍？

「為什麼？有人說棟哥不是真正的日本人嗎？哪個人敢這樣說？要他到總督府前大聲說說『本島人不是日本人』看看啊，總督府是不會容許破壞團結的說詞的！而且是不是日本人又怎樣了？日本人又沒什麼了不起！」

像我這樣出身自內台共婚家庭的，也不是純粹的日本人啊？難道要瞧不起我？但我沒這樣說，好歹我還頂著「森」這個姓氏，這種話對他不公平。棟哥點點頭。

「確實，日本人沒什麼了不起。」

「既然如此，為什麼——」

「但是，」棟哥說，「我們現在在跟中華民國作戰。戰爭結束後，我們本島人的地位會如何？不能否認，即使是現在，還有不少本島人心向中華，就算嘴上不說，應該也有人將我們本島人當成潛在的間諜吧？敵機發送的宣傳單也說什麼『同文同種』，如果最後日本帝國勝

利，那要在戰後跟你平起平坐，我至少也得參戰過，才能獲得資格。」

我不知道該說什麼。

平起平坐？我們現在不就是平起平坐？但我說不出這種話。即使有本島人的血統，又是女性，我的運氣還是比棟哥好。他一定在我不知道的地方承受了什麼，才做出這種結論。

「……棟哥剛剛的話，是以日本帝國勝利為前提吧？」我說出對皇民而言大逆不道的話，「那要是帝國輸了呢？要是聯合國贏了？那樣的話，本島人的地位也會不同吧！或許中華民國會要求收回台灣，到時候，本島人跟日本人的立場就逆轉了，所以，根本沒必要做那種危險的事不是嗎！」

即使是從自己口中說出，我還是有些暈眩；要是事情真的變那樣呢？要是台灣真的被中華民國收回去，我們這些灣生會怎麼樣？內台共婚的家庭會怎麼樣？棟哥摸摸我的頭：「也對，這樣你們的立場就不利了。那樣的話，我會開著戰鬥機回來保護你們。」

「請不要說這種漂亮話！」

我抹去滑下的淚水。太過分了，那也要你能回來才行吧？覺得這種話能說服人，豈不是把人當笨蛋？棟哥苦笑。

「也是，這只是漂亮話，雖然心情是真的。春枝，我也考慮過很多，我是為了將來才做出這種選擇，至於選擇是對是錯，不試看看是不會知道的，所以請別阻止我。」

把話說到這份上，我還有多嘴的餘地嗎？啊啊，我苦悶地想，要是戰爭沒到來就好了。

「棟哥真是笨蛋。說什麼平起平坐，就算戰爭結果對本島人不利，難道不會依靠我嗎？」

「那樣的話，春枝的負擔就太重了吧？」

「我雖然沒有跟世界作對的勇氣，但愚弄世界的小聰明是有的，棟哥也很清楚不是嗎？」

「確實。」

棟哥笑著點頭，接著嚴肅起來。

「不過，春枝，我不在的時候，妳還是收斂一點比較好。愚弄世界有時會招來世界的惡意。至少這段時間，我無法幫妳了——說起來，妳打算拿那個藍眼睛的人偶怎麼辦？」

「我會妥善處理，請你不用擔心。」我逞強地說。

「是嗎……既然春枝這麼說，我相信妳。」

棟哥看著在夕陽下染成粉紅色的淡水河，用不帶嘲弄的口吻，輕聲說。

我呆呆看著水流，原來粉紅色是這麼悲傷的顏色嗎？老師說過，河水看起來在前進，其實前進的只有「波」，水只是隨著「波」上下起伏，雖然不能說完全沒前進，但前進的速度比眼見的慢很多。如果時間也是這樣，只是看起來前進，其實沒這麼快，那有多好啊？

我看著這個打算成為志願兵的人，朝他坐近一點——真的只有一點，因為再近，就會心痛得難以承受。

放心吧，棟哥，不用擔心詛咒人偶。我有「撕裂詛咒人偶」的稱號啊！要細數世上能傷害我的事情，我想再怎麼樣都輪不到詛咒人偶。

說起來，「撕裂詛咒人偶」這個稱號是怎麼來的呢？

坦白說，我也想知道。因為我做的根本不是什麼了不起的事。

道子姊將人偶送來後，過了幾天，父親親自去找姑姑道謝，誰知姑姑大發雷霆；感到莫名其妙的父親一氣之下，再度跟姑姑斷絕往來。當然，道子姊教我讀書的事也告吹了，別說讀書，我甚至連續好幾年沒見到道子姊。

父親為了惹姑姑生氣，四處向人吹噓家裡有這樣珍貴的日美親善人偶，卻刻意對來由含糊其辭，大概是想營造出他奪走人偶的印象，以此激怒姑姑吧？對，父親就是這麼幼稚，某種程度上，我也算是繼承父親的神髓。

姑姑到底有沒有生氣，我無從得知。但在父親大肆宣揚「親善人偶」的同時，也傳出了「那是詛咒人偶」的耳語；如果那種說法是來自姑姑，我可一點也不意外。

原本傳出這種流言，應該丟掉人偶才對，但父親堅信那是姑姑的陰謀。就這樣，受詛咒的藍眼睛人偶一直被放在我日常生活觸手可及之處，就算想丟掉她也沒辦法。

幾年後，我軍襲擊夏威夷的珍珠港，美國參戰了。當初父親大肆宣揚的親善人偶，立刻

就成為人們眼中的「敵性人偶」，在那種追打鬼畜美英的風氣下，我們也被街坊鄰居警告著要處分人偶。雖然現在說來雲淡風輕，但當時，人們可是赤裸裸地威脅、蔑視，那種感覺比詛咒人偶更可怕。

「都是你，當初要不是你到處宣傳，誰知道我們家有這人偶？」

某天晚上，母親責怪起父親。

「妳怎麼能這麼說？誰知道美國會參戰。而且這根本不難解決，把人偶丟掉不就好了？」

「哪有這麼簡單，我們丟掉人偶，難道還要昭告天下？就算扔掉了，不知道這件事的人還是會竊竊私語，把我們當成擁有『敵性人偶』的人家啊！」

「不然妳要怎樣？妳在意的話，可以一家一家跟他們解釋啊！」

「自己提起這件事不是很奇怪？是你堅持留著那個人偶的，難道就不想負責？」

「我負責的方式就是丟掉人偶，其他人怎麼說，我又管不了！」

事到如今，他們才認真思考丟掉人偶的事？我心裡嘆了口氣。眼見丟棄人偶勢在必行，我舉手說：「抱歉打斷你們討論，但我有個想法。我說，就真的昭告天下如何？也不用貼公告，只要當著街坊鄰居的面，把人偶丟到塵芥箱裡就好了吧？最好是趁機抱怨一下這人偶真的造成我們麻煩，我們恨不得脫手，看到這一幕的街坊鄰居自然會把事情傳出去。」

我們住的是新榮町的百軒長屋，幾乎每戶人家都有塵芥箱，清掃人員會在大清早搜集塵

芥箱裡的垃圾，送去焚燒。人們每天都生產垃圾，要遇上彼此並不難。

「嗯，這也是個方法。」母親沉思，「但要是沒遇上鄰居怎麼辦？」

「就交給我吧。我星期日晚上在門口埋伏，晚餐時間後，應該會有人出來丟廚餘，我會等他們出來再露臉，當著他們的面把人偶丟進塵芥箱。」

由於沒有更好的辦法，這事就由我來負責。

星期日晚上，我拿著人偶，成功攔截要前往西門町的鄰居一家；我禮貌地跟他們打招呼，當著他們的面將人偶放進塵芥箱，並說我們根本不想要這種美國貨。鄰居大叔熱烈贊同，在我面前狠狠批評了鬼畜美英一番，隨即皮笑肉不笑地問，既然不想要美國貨，為何保留到現在呢……？

如我所料，果然有此一問。

這件事之所以不是丟掉人偶能解決的，就是因為親善美英這件事會溯及過往；現在痛罵鬼畜美英是一回事，那過去為何沉迷於西方提供的物質享受？這些糜爛與頹廢，是否有什麼不利於大和民族的根柢呢？已經是第二高女學生的我，太熟悉這種論調了，所以我說——

「因為這人偶被詛咒了啊。大家應該聽過吧？丟掉人偶也許會被詛咒，我們當然擔心這種事。但國家大義在前，為了天皇，就算被詛咒也在所不惜，所以我們才下定決心！」

鄰居大叔顯然沒預料到這答案。他怔了怔，錯過刁難的時機；我行了個禮，優雅退回屋

內。聽完我的報告，父母大為讚賞，秋良哥說：「春枝，了不起耶！妳也知道這人偶被詛咒了，居然一點都不害怕。」

「胡說八道，什麼詛咒？」母親得意地說，「人偶放在我們家這麼久，什麼事都沒發生，根本沒有那種東西！」

事後想想，母親應該很後悔這麼說吧？因為所謂的壞事，就是預期它要發生時不會發生，好不容易以為可以放心時，卻偏偏發生給你看的事。

第二天早上，母親出門清掃時，在正門旁發現了一個眼熟的東西。

是藍眼睛的西洋人偶。

沒錯，那個應該已經被送進焚化爐銷毀的親善使節、美國公民瑪莉亞，居然又出現了！母親嚇得發出尖叫，不只我們聽到，連鄰居都探出頭；大部分鄰居不知道人偶昨天就被丟掉的事，只看到母親慌慌張張地將人偶塞進塵芥箱，這當然成了他們的當日話題。

此後第三天、第四天，不管母親何時丟掉人偶，人偶都會重新回來。

母親六神無主。而鄰居們彼此討論，都注意到了這件怪事。

果然是詛咒人偶吧？他們說。因為受了詛咒，所以丟不掉，不管怎麼丟都會回來；知道這件事的人越來越多，原本還打算看好戲的鄰居，慢慢地也開始感到不安。畢竟人偶是回到這個百軒長屋啊！要是人偶帶來詛咒，說不定附近的人也會被波及。

至於母親，她倒是堅持不信詛咒。她懷疑有鄰居惡意捉弄她，於是堅持等到凌晨，等清掃塵芥箱的人到來，親手把人偶交給掃除人員，看掃除人員把人偶放進載送塵芥的牛車，這才安心回到屋內。那一天，據說還有幾戶多事的鄰居目擊這一幕，他們都很關心詛咒人偶的下場。

然而人偶還是出現了。

原本母親在門前沒看到人偶，總算是放心了，誰知那天晚上，人偶再度出現，而且不是在門前，是在房子裡！眼見穿著墨綠色衣服的瑪莉亞端坐房間角落，母親徹底崩潰。也難怪，因為這是不可能的，如果是鄰居惡作劇，怎麼可能將人偶放到家裡？母親的尖叫聲引起騷動，我甚至能聽到鄰居們聚集過來的聲音。

有人在外面敲門。

「森夫人？怎麼了嗎？需要幫忙嗎？」

那是義務性的詢問，聲音裡沒什麼關心，甚至比不來關心更讓人氣惱。我心跳加速，感到被某種灼熱的情緒推動著。我推開圍著人偶的家人，把人偶舉起來。

「妳要做什麼！」弟弟慌張地問。

「我要毀了她！」我說，然後抓著人偶衝進廚房進行作業，發出巨響。等家人過來，砧板上已是被切碎的綠色布條、皮膚色的碎塊、滿滿的棉花、各種毛線。

那正是詛咒人偶被我剁碎的屍骸。

家人們驚駭、猶豫地看著我。

也難怪，做出這種事，等於是把詛咒攬到自己身上吧？我二話不說，氣勢洶洶地捧著砧板與人偶殘骸走向大門。

見到門打開了，鄰居們從門前退開。他們紛紛露出意外的表情，沒想到走出來的會是未成年的我。

他們是怎樣看我的？直到那時，我才第一次感到恐懼；但已經無法回頭，我面向一張張冷漠的臉孔，捧著殘骸高聲大喊：「那個詛咒人偶又回來了！但我把她碎屍萬段了，就不相信這樣她還能回來！」

這就是那個詛咒人偶？詛咒人偶居然變這樣？左鄰右舍七嘴八舌，目瞪口呆地看著殘骸。

「不過，有件事我想請大家幫忙。」我緩了緩，「我想徹底消滅這個人偶。有人可以借我打火機嗎？要是把她燒掉，我想就不可能回來了。」

其實家裡就有打火機，但我光顧著讓大家看到人偶的末路，忘了這件事；鄰居面面相覷，誰也不說話。我的家人聚集到我身後一段距離，從玄關裡看著我。

「各位不願借打火機嗎？這是敵國的人偶喔！就算為了天皇，也該為消滅它盡一份力吧！」

「……光打火機的話，應該不夠吧？」短暫的沉默後，一位鄰居說，「我拿報紙來助燃。」

「啊，我可以提供打火機。」

「我也看看家裡有什麼東西可以燒。」

原本聚集的人們動了起來。

說起來，將我稱為「撕裂詛咒人偶」，根本不公平，不是嗎？因為那個晚上，是我們百軒長屋的住民們齊心協力將詛咒人偶葬送在火海中嘛！雖然不過是小小的火焰，連騷動都算不上，但那確實是成功的驅魔儀式，此後，人偶徹底消失，再也沒回來。

一開始母親還心有餘悸，但久了也安定下來，甚至能將這件事當成閒聊的話題了。

但我怎麼也沒想到，「撕裂詛咒人偶」竟會變成傳說，還緊緊纏著我不放。

「對不起，我不會祓厄，不會驅魔，也不會本島道士的符籙，沒有任何靈能力，甚至連不乾淨的東西都看不見，恐怕幫不上您的忙。」

五月的最後一天，我再度拒絕來請求的學生，講完話就轉身離開，連對方的表情都不看。

唉，都已經會背了，這些拒絕台詞。要不要乾脆押韻編成曲子，以後用唱的呢？說不定會在負面意義上聲名大噪，讓大家都不敢來找我……算了算了，只是想想。可以的話，我還是希望自己像個淑女。

這一個月間，相信自己遇到靈異現象的學生又更多了，原本平均兩、三個月一位，現在

光這個月就兩位了。但我可以理解，死人實在太多。而且在頻繁的空襲後，台北有如空城，人們多半被疏散到郊外了，只有少數幾個機構還在運作；街道間瀰漫著死寂與死亡的氣息，敵機經過時，那螺旋槳斬斷空氣的聲音被無人的街道放大，像擴音器一樣。

戰爭的黯雲重重壓在台灣島上，讓人喘不過氣。連我母親那樣的家庭主婦，也被徵召去協助防災。上個月台北深夜遇襲的事，我記憶猶新；隔天聽人說，有人發現了未爆彈，卻在觸碰的瞬間引爆，附近的人都被牽連進去。

這裡還不算最前線，卻已讓人心驚膽顫。

我走到沒有其他學生的地方，在暖洋洋的風中望著天空發呆。

成群的麻雀從樹上飛下，又飛回樹上去，凌亂中有著秩序之美。

「真漂亮……」

這片天空依然美麗，美到讓人想哭，卻也令人畏懼。

不知是不是錯覺，總覺得有敵機飛過的聲音。其實早上確實有敵機盤旋，當時已經沒多少人的教室裡，我們都徬徨不安，但老師說沒發空襲警報，不用擔心，結果果然是一場虛驚。

每次敵機來襲的時候，我都忍不住想，不知道那些擁有藍色眼睛的人偶會怎麼看待這件事。面對不再湛藍的憂鬱天空，她們會有何感言？

對，她們是「敵性人偶」，但也是無辜的見證者吧？隨著時代變遷，國與國之間的友誼不

再，她們被遺棄在記憶的夾縫間，成為立場曖昧尷尬的幽靈；但作為置身事外的被遺棄者，她們應該是有獨樹一格甚至純潔的客觀性的。我試著理解她們的心情，卻怎樣也無法想像。

還有，那些尚未銷毀「敵性人偶」的人又是怎麼想的？我想一定有這種人，總不會一萬多個人偶都被銷毀了。他們為何冒著風險藏匿人偶？是相信人性的良善嗎？留著這種日美親善的象徵，難道是對戰爭結果抱著一線希望？

希望……

真的，還有人擁有那種天真嗎？

我忘不掉那天夜裡的熊熊烈火。那種看著一切成為焦土的冷漠，令人膽寒。但我想到棟哥，身為飛行員，或許他正開著戰鬥機在雲間飛舞，載著炸彈，將毀滅性的武器丟到敵國的土地上，種出死亡與憎恨的火焰。我們正在殺死對方，這比空襲更讓我感到殘酷、反胃。

天空如此美麗。

但世界上的國家們，卻為了地上的分裂，擅自將天空變成惡魔橫行的戰場。

我打起精神，前往下一堂課的教室。途中，我注意到教務室裡有某種騷動，從門外看，似乎是教數學的三浦老師在罵石井老師——石井老師低著頭，臉色十分難看，沒有平時由堅毅構成的餘裕。

我有不好的預感，悄悄走到教務室前偷聽。

「妳以為不說話就可以了？」三浦老師喝道，「妳為人師長，不明白哪些事該做，哪些事不該做嗎？妳打算怎麼解釋？」

「三浦老師希望我解釋什麼？」

「石井老師，請不要裝傻，剛剛大家都看到了，妳把這個藏在抽屜裡！」

三浦老師舉起某個東西，我倒吸了一口涼氣。

我知道她。

是藍眼睛的人偶，日美親善人偶！

「我在抽屜裡放什麼是我的自由，我倒想問三浦老師為何偷窺我抽屜。」石井老師說。

「我沒有偷窺。而且說什麼自由？自由能拯救這個國家嗎！」三浦義正辭嚴，聲音都啞了，遠遠還能看到口水亂噴，「妳不要以為我不知道這是什麼，這是藍眼睛的人偶吧？美國人的東西！」

「對，但就算是美國……」

「妳難道不知道這是『敵性人偶』嗎？任何有良知的皇民都應該把這處理掉，而妳居然還帶到這神聖的學校來，啊？有什麼居心！」

他的吼聲震撼整個教務室，像地震。

「好了，三浦老師，沒必要這麼大聲……」教英語的伊知地老師起身相勸。

「我大聲？不是石井老師不認錯嗎！身為教育工作者，連怎麼以身作則什麼都不知道？而且這把年紀了還玩什麼人偶！」

「說我不認錯，不是三浦老師一直打斷我，不讓我說話嗎？」石井老師說。

「因為妳一開口就狡辯！」

「不聽完就知道我在狡辯，原來三浦老師會讀心術。」

「妳這話不就是狡辯？身為老師還耍小聰明！」

「那個——」

我大聲衝進教務室，打斷了爭吵。教務室裡所有人都看過來，包括滿臉怒容的三浦老師，還有睜大眼看著我，有些不知所措的石井老師。被這麼多人看著，我緊張到全身發抖，但我非站出來不可，要說為什麼——

是因為只有我能這樣做。

我是「撕裂詛咒人偶」的森春枝。這個傳說糾纏著我，肯定就是為了這一刻。

「幹什麼！」

三浦老師喝問，我鼓起勇氣，指著藍眼睛的人偶：「請把那個人偶交給我。」

「啊？妳在開什麼玩笑？」

「我不是開玩笑。那個人偶被詛咒了。」

我大聲回應，環視教務室裡的人們。

「老師們也知道我『撕裂詛咒人偶』的過去吧？我絕對不會認錯，這就是那個人偶。瑪莉亞小姐，她又回來了。或許是被我切碎、燒掉，才花了這麼多時間回來。」

誰都想不到我會說這種話。原本怒氣沖沖的三浦老師目瞪口呆：「詛、詛咒？胡說八道，那種不科學的東西——」

「現在不是爭論這種事的時候！要是不快點處理，詛咒擴大了怎麼辦？這裡除了我，有人能對付那個人偶嗎？三浦老師，請別再拿著她了，光是碰到就會被詛咒，請把人偶給我。」

我朝著三浦老師走去。三浦老師沒放手，反而把手舉高。

「我不知道妳為何說這種謊，這人偶明明是石井老師的！」

「不對，瑪莉亞小姐只是為了找我復仇，才來到這間第二高女，她可能出現在任何地方，可能是音樂教室，可能是圖書閱覽室，可能是標本室；不然你問石井老師，她應該根本沒見過這人偶，這人偶是擅自出現在她抽屜裡的。」

「什……」

「沒錯。」石井老師立刻說，「三浦老師一直不讓我說明，我才沒機會說。在此之前我根本沒見過這人偶。」

三浦舉著人偶，目瞪口呆，他滿臉漲紅，表情越來越猙獰。糟糕，該不會惱羞成怒吧？

就在我這麼想的時候——

外面響起尖銳的汽笛聲。

所有人僵在原地。

是空襲警報，這是敵機將至的警報！

三浦老師看向窗外，石井老師趁他分心，上前奪走人偶，朝我這裡丟來。

「森同學，破除詛咒拜託你了！」

「喂，現在不是做這種事的時候吧？避難……」

「交給我吧！」我大聲說，「請老師們快引導大家避難，要是不解除詛咒，說不定會有空前的災害，我會想辦法的！」

「嗯，交給妳了。」石井老師大聲說。我明白那是授權給我的意思，從現在開始，我可以自由行動。三浦老師嚷嚷著「不准亂來」，但石井老師巧妙地擋在他前面。我退開兩步，抱著人偶，轉身跑走。在離開教務室前，我看到石井老師用唇語對我說話。

「對不起。」

她偷偷傳達給我。

我差點回話，好不容易才忍住。

為什麼要道歉呢？應該反過來，是我要謝謝老師才對吧？

謝謝妳這段期間一直保護我們的人偶，我們的瑪莉亞小姐。

謝謝妳，石井道子老師——道子姊。

瑪莉亞小姐並非被詛咒的人偶，我是幾個月後慢慢察覺的。

實驗方法很簡單，我每天都坐在固定的位置觀察人偶，確認人偶有沒有移動；結果是動也不動，徹底符合物理法則。瑪莉亞小姐沒在我家亂跑，讓我意識到她沒被詛咒，至少在我家時沒有。

那為何她會在姑姑家裡移動？如果那時她確實是詛咒人偶，為何來我家前就解除詛咒了？暑假時，我將這事告訴棟哥，棟哥隨口說了一句「要不要假設詛咒不存在，重新思考這件事的前因後果看看」，讓我開始考慮別的可能性。

如果不問動機，誰能移動人偶？

最初我察覺人偶移動，跟之前看到隔了一個星期，期間可能太長，先不討論。但單單那個星期日，人偶就移動了兩次，是誰動的呢？首先不可能是道子姊，她一直跟我在一起，若是移動人偶，我不可能沒發現。黃先生來了之後，我們移動到居間，這段期間，出入座敷的只有姑姑跟黃先生兩人，既然姑姑的反應像是不曾注意人偶，就只剩黃先生了。

——但是，為什麼？姑姑就算了，黃先生是外人，移動人偶不是太奇怪了？不，仔細一

想，那時黃先生確實有奇怪的行為，他隔著障子說「歹勢」，難道他是不小心弄倒人偶，連忙放回去，並為此道歉？

不對，還是不合理。

首先客人就不該動手動腳。就算要碰，也該先問過主人吧？既然沒問，弄掉也不用道歉啊，反正沒人發現，但黃先生卻說了「歹勢」，顯然還有傳達給某人的意志。說起來，在那個場合，他想傳達的人……

是道子姊，嗎？

為何他要移動人偶，並向道子姊道歉？而且看道子姊的反應，顯然知道他為何道歉。怎麼會？她又沒看到障子對面發生什麼事！除非黃先生是為另一件事道歉。那是與人偶無關，但兩人都心知肚明的某件事……

不行，想不明白。

先放下這件事，接著人偶再被移動，是道子姊帶我回家的時候。這段期間，只有姑姑有移動人偶的機會。事後回想，那場面不是很奇怪？雖然姑姑承認那是詛咒人偶，但看來並不害怕，而是厭惡；反而是道子姊反應過度，難道對道子姊來說，那個人偶不該移動……被移動就糟了？

我突然醒悟過來。

雖然道子姊從頭到尾都說「人偶沒有移動」，但她知道人偶確實動了。她知道人偶移動的原因，所以才在遊樂園要求我不要跟別人說。

不跟誰說？不讓我跟我家裡說嗎？但我家跟姑姑家沒什麼密切往來，說了也沒影響，這樣一來，就只有姑姑了；她打算向姑姑隱瞞人偶移動的事實。

但姑姑移動了人偶，這是不是表示她想隱瞞的某件事曝光了？

我把這些還沒結論的想法告訴棟哥，棟哥覺得有理，點頭說：「看來我們還有很多事不知道。春枝，交給我吧！我去調查發生了什麼事。」

「你要怎麼調查？」

「既然那位黃先生有移動人偶的嫌疑，當然是直接問他啦！」

後來棟哥透過家族人脈，果然找到了黃先生；那時黃先生已經被姑丈的公司辭退，究其原因，是因為他瞞著姑丈跟表姊交往——

「等等，什麼？怎麼回事？那個道子姊？」

我大吃一驚。

那兩個人在交往？但道子姊那天明明刻意迴避黃先生啊！不，仔細一想，問題不就在刻意迴避的理由嗎？姑姑也說最初道子姊對黃先生印象很好，難道是不想讓人察覺，才刻意保持距離？

「黃先生說，妳姑丈跟姑姑對妳表姊很嚴格，」棟哥說，「她幾乎沒有自由的時間，因此他們能往來的機會，也只有受邀到妳姑姑家裡的時候。為此黃先生可是積極爭取呢！但就算能見面，還是不能直接談情說愛，所以只能寫信。方法是妳表姊提出的。為了不讓父母起疑，她會刻意保持距離，並將信件藏在座敷的人偶衣服裡，黃先生拿走信件後，也把自己的信件塞進人偶衣服。」

——原來如此。

難怪黃先生會去動人偶。

這麼說來，姑姑是發現人偶衣服裡藏著信件了？所以才擺在桌子上警告道子姊——所以道子姊才受到這麼嚴重的打擊——

我突然感到不安。

為何那天姑姑會突然去查看人偶？明明一直以來都沒發現不是嗎？難道是因為，我一直嚷嚷著詛咒人偶的事，讓姑姑起了好奇心，才讓她仔細檢查那個人偶……？

我毛骨悚然。在無意之間，我做了多過分的事！

就像是被關進冰水，我窒息在破壞他人人生的罪惡感中。

黃先生受到了嚴重警告，嚴重到足以摧毀他的未來，所以他放棄了戀情。那道子姊呢？

在父親跟姑姑斷絕往來後，我無法見到道子姊，就算想知道她的心情，我也無從下手。

而且還有謎團未解。

為何黃先生那時會說「歹勢」？為何姑姑會說那確實是被詛咒的人偶？更重要的是，道子姊為何要將人偶交給我？為了解開這些謎團，就只能向道子姊直接問答案。為此我拚命考上第二高女，為了見到已經成為第二高女教師的道子姊。

當然，那不是唯一的方法。要見到道子姊，方法多的是，但我心中有愧，覺得至少得付出相應的努力，才有得到答案的資格；高等女學校不只是考學問，還要考禮儀、教養，要考說話應對的態度，只有上天知道我為此付出多少。

這份苦心得到了成果。考上第二高女沒多久，我就跟道子姊單獨見了面，聊起這些年的事。我們天馬行空地聊著，像是要把這幾年給填補起來一樣。在這麼多話題裡，我總算知道道子姊當年的心情。其實她最初想成為教師，是希望能經濟獨立，因為她知道結婚對象是本島人的話，家裡是不會支持的。雖然我父親娶了本島人，但我姑姑跟姑丈其實看不起本島人。

其實我也不是毫無所覺，有時姑姑看著我的眼神，確實帶著輕賤。

在那之後，黃先生就沒跟道子姊聯絡了，但她知道黃先生過得不錯。問道子姊當年的事，大部分跟我的猜測相同，但還混了一些複雜因素在裡面，所以才留下謎團。簡單說，或許是黃先生積極爭取來姑姑家，居然讓姑姑誤以為黃先生對她有好感；那時姑丈已經出軌，對姑姑極其冷落，而他出軌的對象叫マリア——跟人偶瑪莉亞同名。

「到底是怎樣的女人啊，為何有這麼洋氣的名字？」我忍不住說。

「據說那位女性的父親很崇拜森鷗外，而森鷗外的兒輩、孫輩就是取這種名字，他也如此仿效，給自己的兒女取這種名字。」道子姊說。

總之，姑姑的誤會，讓黃先生跟道子姊有了極不舒服的壓力。他們無法坦白正在交往，也難以婉拒姑姑的「好意」，黃先生受款待的同時，一直覺得愧對道子姊，才趁姑姑不在時，隔著薄薄的障子，對道子姊表達歉意。

所以才有了那句「歹勢」。

至於姑姑，其實未必是真的愛上黃先生，而是丈夫出軌給她的打擊，讓她想要積極證明自己的魅力，這才與黃先生調情。可想而知，當她發現黃先生寫給道子姊的情書時，或許是感到羞恥吧？這個本島人居然不是喜歡自己，而是自己的女兒……

「對母親大人來說，父親大人是懷著惡意的。」道子姊靜靜地說，「出軌的對象就叫瑪莉亞，他居然將同名的人偶展示在座敷？太過分了。但她的女兒居然透過名為瑪莉亞的人偶跟男人暗通款曲，自己還誤解了那個男人抱有好意的對象……因為這樣，她才無法接受，脫口說那是受詛咒的人偶吧。」

這倒也不難想像。

要是沒有那人偶——沒有瑪莉亞小姐就好了！姑姑是這麼想的吧？因為瑪莉亞這個名字，

她受到了雙重羞辱，所以才露出這麼憎惡的表情。在那之後，姑姑逼道子姊丟掉人偶，道子姊不願，她假意答應丟掉，其實是將人偶帶到我家。

「為什麼？」我問道子姊。

「對母親大人來說，那個人偶或許象徵著恥辱吧，但對我來說，卻是難以放手的回憶。我不想拋棄，就算威脅我拋棄，我也要對抗；我把人偶送給春枝，是因為母親大人無法對你們出手……如果她要收回人偶，就要解釋是怎麼回事，那麼丟臉的事，母親大人是不可能說出口的，最後只能放手。」

難怪父親道謝時，姑姑反而大發雷霆，又無法說明是怎麼回事。

「那為什麼不告訴我原因？」

「因為我也不知該從何說起啊。就像母親覺得羞恥，我也不是坦蕩蕩問心無愧的，將人偶送給妳的行為，無疑懷著私心。其實我很羨慕你們家呢，春枝，因為是內台共婚啊！我曾經想過，如果我跟黃先生有孩子，是像妳這樣的孩子就好了。將人偶放在你們家，也有見證內台共婚的小小幸福的意思，我將自己無法實現的願望寄託在你們家……」

道子姊露出笑容。

「謝謝妳，春枝。謝謝妳沒有丟掉瑪莉亞小姐。謝謝妳守護了人偶，讓她看著這一切。」

為什麼道謝呢？我覺得心被揪起來，一陣酸楚。

不需要道謝啊！不如說，不就是我揭發了你們的祕密？如果沒有我的話，說不定連人偶都不需要寄放在我這裡了！明明如此，道子姊卻對我說了「謝謝」。

這麼一來，我不就只能拚命守護人偶了？

敵機接近時，汽笛聲會響八秒，停四秒，如此連續十次。這時，我聽到的警報正是如此。其實不需要警報，敵機的聲音早已橫掃天空。不遠處傳來爆炸聲，甚至還能聽見人們的驚呼、哀號，讓人毛骨悚然。遠方有廣播，大概也是空襲警報吧？我跑出第二高女，沒跟其他同學一起逃離。

要是跟老師他們躲在同樣的地方，等空襲結束，還是得面對「敵性人偶」的處分問題，那可不行。我得找地方藏起人偶。

我不是不害怕，事實上我怕到全身都在抖，敵機已經在頭上，炸彈會不會掉到附近，只是運氣問題；但我必須保護人偶。

我一邊跑，眼淚就一邊流下來。

是因為怕死嗎？

我當然怕死。但這份心情不只是如此。我心裡懷著某種使命，還有某種近乎悲痛的荒謬感——想不到會跟親善使節瑪莉亞小姐一起見證空襲現場。

仔細想想，這或許是瑪莉亞小姐至今最大的危機。

第一次危機是差點被姑姑丟掉。第二次危機，則是美國加入戰爭，讓「親善人偶」變成「敵性人偶」的時候。面對整個社會痛斥鬼畜美英的敵意，我慌了。這樣下去道子姊交給我的人偶一定會被敵意所銷毀，但我該怎麼做？我把自己的擔憂告訴棟哥，只有他知道整件事的前因後果；於是，在幾個放學的黃昏，我們在公園、小吃攤、電影院裡討論，細細擬定了從人們眼底下藏匿人偶的計畫。

為何要這麼麻煩，藏起來不就好了？但為了盡可能讓更多人知道人偶已不在我們家，這是必需的努力。

「就當成是一齣戲，」棟哥說，「看完戲劇時，觀眾做出評語，越多評語出現，戲劇的影響力就越大；但要是有人連戲劇本身都沒聽過，總評就會紊亂無力。最好的情況，就是評語的力量強到你們家跟敵視人偶的街坊鄰居能達成和解。」

居然將詭計當成戲劇嗎？棟哥將這種背德的魔魅感講得十分自然，有如暢快淋漓的演奏，我聽得津津有味。

時機很快成熟了。

當母親責怪起父親，我提出要當著鄰居的面扔掉人偶，那時離星期日還有幾天，我找機會到大稻埕跟棟哥商量計畫細節、可能的意外，還有相關準備。

其實營造「詛咒人偶歸來」的假象一點也不難。每個區域有特定的清掃人員，棟哥只要買通那些清掃人員，就能攔截他們，拿回人偶，再伺機放回我家。連續好幾個晚上，棟哥都一大清早埋伏在新榮町附近，將詛咒人偶送回。與此同時，我則假借準備家事課的材料，四處搜集布料、棉花、毛線、塑膠塊，拼湊成「詛咒人偶的殘骸」。

母親親手將娃娃交給清掃人員那天，棟哥將人偶藏在某處，我放學後找出來，藏在背包裡，就這樣將人偶偷渡到家裡。我將「詛咒人偶的殘骸」藏在廚房隱蔽處，再找機會將人偶放到屋角，等待家人發現；要是母親沒尖叫，就會由我來尖叫了。

之後的一切非常簡單。我奪走人偶，跑進廚房，拿出「詛咒人偶的殘骸」，把人偶藏進去，並拿刀子用力剁碎那些殘骸。

結果正如我們的計畫。

在街坊鄰居的眼中，瑪莉亞小姐被燒死了。實際上倖存的她，被我找機會帶去第二高女，還給道子姊。這段期間，我逐漸明白道子姊的心情，還有她為何無法捨棄人偶——

因為我察覺到自己對棟哥萌生的戀慕之情。

聽了我異想天開的念頭，不但沒阻止我，反而配合到這種程度，這樣的人也太完美了吧？光是為了跟清掃人員碰頭的那幾個不眠之夜，事後想來就讓我臉紅心跳；對，我也知道會為這種事心動很怪，反正我原本就不是什麼淑女，這不該奪走我心動的資格。

跟楝哥商量著怎麼保護人偶，我們交換著話語，彼此溢出的情感，超過對瑪莉亞小姐的關心；這些夢幻般的交流，透過瑪莉亞小姐變成我們的一部分，她不再只是道子姊的人偶，也是我們不眠的回憶。如果我能握住楝哥的手前進，瑪莉亞小姐一定在我們的青春時代有一席之地。

所以——

這不只是道子姊的人偶，也是我的人偶。

她是我們的人偶。

現在，瑪莉亞小姐終於遇上了最大危機。

每次每次，都有某種巨大的力量想將她撕裂。有時是家族，有時是社會，現在則是世界大戰。但我會再次守護她。

低空飛行的聲音，轟炸的聲音持續不斷。

我抱著瑪莉亞小姐，持續奔跑。

新公園是這附近防空壕最多的地方。只要逃到那裡，應該就能得救吧？我沿著台北醫院邊緣奔跑，右前方冒著濃烈的黑煙，那裡是……不會吧，難道是總督府嗎？總督府遇襲了？我感到害怕，腦中亂成一團，我該繼續跑向新公園嗎？敵機的聲音徘徊著，就像蜜蜂那樣「嗡嗡」的，讓人想放聲尖叫。

旁邊的醫院裡也陷入混亂。

我想像醫院裡的情況。拜託了。要是有良心的話，請不要砲擊醫院！我在內心向不認識的駕駛員祈求。請看看我手上的東西吧！我手上的是藍眼睛的人偶，是日美親善人偶喔！看著這個，你還能繼續投彈嗎？

但我沒真的這麼天真。我低著頭，持續奔跑。

「砰」的一聲巨響，炸彈降落在台北醫院。

我被衝擊波吹飛，跪倒在地。玻璃碎片像是細雨般灑到我身上，藍眼睛的人偶也掉在一旁。我連忙將人偶撿起，緊緊抱住。

事情為何會變成這樣？為何當年互贈人偶的國家都想要摧毀對方？

我想起當年問道子姊的問題。

——道子姊，我們跟美國的關係好嗎？

後來我知道了。

日美互送親善人偶，其實正是因為兩國關係陷入緊張。

即使如此，人們祈願和平的心，也應該是真的吧？這個人偶見證了日美人民希望締結盟交的心情，也見證了道子姊跟黃先生的心願，還有我的願望……

神啊，如果真的有神的話，拜託了。難道連一個願望都不能實現嗎？

就連這樣小小的願望都要撕裂嗎？

我爬起來，不顧身上的疼痛，繼續奔跑。身後傳來轟然巨響，世界的某個角落被粉碎，我害怕是第二高女，不敢回頭看。我義無反顧地跑，越跑越快，用盡全力，比體育課的時候還用力，彷彿除了我以外的一切都不再重要，被我拋在後面。

天空已被玷汙殆盡，但我依然仰望天空；爆破的衝擊波，就像致命卻又溫暖的洪流，遍地躍動的火光，如隨風搖曳的曼珠沙華，我朝著應該是新公園的方向，不要命地向未來奔馳。

婧文化
台北大空襲 小說集

作　　者—鍾旻瑞、林立青、張嘉真、陳又津、朱宥勳、瀟湘神
執 行 長—陳君平
榮譽發行人—黃鎮隆
協　　理—洪琇菁
總 編 輯—呂尚燁
主　　編—劉銘廷
封面設計—賴柏燁
內文排版—宏明目鏡店
封面插畫—諾米
內頁插圖—諾米
文字校對—施亞蒨
美術總監—沙雲佩
美術編輯—方品舒
國際版權—黃令歡、梁名儀
企劃宣傳—楊玉如、施語宸、洪國瑋
圖片來源—國家圖書館 日日新報典藏庫

迷走工作坊有限公司
創 辦 人—張少濂
企劃編輯—楊迪雅、鄭珮慈、徐慧湘
印刷協力—林岱葶、黃乙婷
美術協力—吳欣瑋
地　　址—台北市大同區赤峰街七十一巷四號四樓

出　　版—城邦文化事業股份有限公司 尖端出版
台北市中山區民生東路二段一四一號十樓　電話：（〇二）二五〇〇—七六〇〇
傳真：（〇二）二五〇〇—二六八三　E-mail：7novels@mail2.spp.com.tw
發　　行—英屬蓋曼群島商家庭傳媒股份有限公司城邦分公司 尖端出版
台北市中山區民生東路二段一四一號十樓
電話：（〇二）二五〇〇—七六〇〇（代表號）　傳真：（〇二）二五〇〇—一九七九
中彰投以北經銷—楨彥有限公司（含宜花東）
電話：（〇二）八九一九—三三六九　傳真：（〇二）八九一四—五五二四
雲嘉以南—智豐圖書有限公司
（嘉義公司）電話：（〇五）二三三—三八五二　傳真：（〇五）二三三—三八六三
（高雄公司）電話：（〇七）三七三—〇〇七九　傳真：（〇七）三七三—〇〇八七
香港經銷—城邦（香港）出版集團有限公司
香港灣仔駱克道一九三號東超商業中心一樓　電話：（八五二）二五〇八—六二三一
傳真：（八五二）二五七八—九三三七　E-mail：hkcite@biznetvigator.com
新馬經銷—城邦（馬新）出版集團Cite（M）Sdn. Bhd.　E-mail：cite@cite.com.my
法律顧問—王子文律師　元禾法律事務所　台北市羅斯福路三段三十七號十五樓

國家圖書館出版品預行編目（CIP）資料

台北大空襲　小說集／鍾旻瑞，林立青，張嘉真，陳又津，朱宥勳，瀟湘神 作．— 1版．— ［臺北市］：城邦文化事業股份有限公司尖端出版：英屬蓋曼群島商家庭傳媒股份有限公司城邦分公司發行，2022.06

288 面；14.5×21（公分）　ISBN 978-626-316-835-0（平裝）

863.57　111004548

二〇二二年六月一版一刷

台北大空襲

小說集

策劃——迷走工作坊
著作——鍾旻瑞、林立青、張嘉真、陳又津、朱宥勳、瀟湘神